LETTRES INÉDITES

ET

SOUVENIRS BIOGRAPHIQUES

DE

MME RÉCAMIER & DE MME DE STAEL

PUBLIÉS

PAR M. LE BARON DE GERANDO

Procureur général près la cour impériale
et membre titulaire de l'académie impériale de Metz.

PARIS

Ve JULES RENOUARD, ÉDITEUR

6, RUE DE TOURNON, 6

A METZ

CHEZ MM. ALCAN ET ROUSSEAU-PALLEZ, LIBRAIRES

1868

Paris. — Imp. P.-A BOURDIER, CAPIOMONT fils et C°, rue des Poitevins, 6.

AVERTISSEMENT

Les lettres inédites de madame Récamier et de madame de Staël, qui composent en grande partie cet opuscule, ont été la plupart l'objet d'une lecture faite à la séance publique de l'Académie impériale de Metz le 29 mai 1864, lorsque j'avais l'honneur d'en être le président. Depuis qu'elles ont été publiées dans les mémoires de l'Académie avec l'assentiment, que je me suis fait un devoir de solliciter, des familles de ces deux illustres femmes, j'ai su que madame de Staël était venue, accompagnée de Benjamin Constant, passer quelques jours à Metz au mois d'octobre 1803 lorsque, obligée de quitter la France, elle se dirigeait vers l'Allemagne. J'ai recueilli et j'insère dans cette nouvelle édition quelques renseignements sur son séjour à Metz. J'y ajoute aussi plusieurs lettres d'elles que je n'avais pas communiquées à l'Académie, une lettre de ma mère à madame Récamier, et des extraits de lettres de mon père et une lettre de ma mère adressées à madame de Staël, qui se réfèrent à celles de leur amie et dont je dois la communication à la bienveillance de madame la baronne Auguste de Staël qui les a trouvées, au château de Coppet, dans la correspondance conservée par sa belle-mère.

Au moment même où ces souvenirs épistolaires et biographiques sont sous presse, la *Revue des Deux-Mondes* publie, dans la livraison du 1er mars, un article de M. Sainte-Beuve, intitulé *Camille Jordan et madame de Staël*, dans lequel se trouvent des lettres inédites de l'auteur de *Corinne*, une, entre autres, adressée de Metz à mon père et que je ne possédais pas parce qu'il l'avait sans doute transmise à son ami Camille Jordan, dans les papiers duquel elle a été retrouvée. Je me félicite de pouvoir reproduire cette lettre qui se rapporte au séjour de madame de Staël à Metz, et emprunter quelques citations à l'intéressant article de M. Sainte-Beuve qui y rend un noble et complet hommage à la mémoire du meilleur ami de mon père.

Une erreur involontaire a été commise dans cet article à l'égard de mon père que M. Sainte-Beuve a cru désigné, sous le simple titre de baron, dans une lettre de madame de Staël, datée de Genève, 16 janvier 1810. Cette partie de la lettre ne peut pas, pour plusieurs motifs, concerner mon père à qui le titre de baron n'a été conféré que le 17 mars 1811. Je suis convaincu que madame de Staël a voulu parler du baron de Voght qu'elle cite avec ce titre dans une autre lettre datée de Coppet, 3 octobre 1811, et qui fait partie de celles publiées par M. Sainte-Beuve. M. de Voght avait fondé dans son domaine de Flosbeck, près de Hambourg, une colonie agricole pour les pauvres, et ce fait explique un mot de madame de Staël dans sa lettre du 16 janvier 1810, que M. Sainte-Beuve a cru s'appliquer à mon père qui n'a jamais cessé, même lorsque survint un refroidissement entre lui et madame de Staël, de recevoir d'elle des témoignages de la plus haute estime, comme le prouve une lettre du 14 septembre 1810, que je publie dans ce recueil de souvenirs épistolaires et biographiques.

M. Sainte-Beuve vient du reste, avec la judicieuse impartialité qui le distingue, de reconnaître l'erreur que je signale, et il veut bien m'assurer qu'il la fera disparaître lors de la réimpression de son article dans un volume des *Causeries du Lundi*. Il partage ma conviction que la lettre de madame de Staël s'applique au baron de Voght, et que la date de cette lettre doit être reportée au 16 janvier 1811.

Bon G. DE GERANDO.

1.

LETTRES INÉDITES

ET

SOUVENIRS BIOGRAPHIQUES

DE

Mme RÉCAMIER ET DE Mme DE STAËL

———

Au commencement de ce siècle, deux femmes étroite-
ment unies par la plus tendre et constante amitié se sont
rencontrées aussi dans une commune célébrité qui survit
à leur mémoire. Je ne dirai pas que l'une ait été indiffé-
rente à cette célébrité, mais elle ne l'avait pas cherchée
et elle en fuyait l'éclat; l'autre y était portée par toutes
ses aspirations et semblait la réclamer comme un tribut
légitime. Elles ont eu cela de commun que leur vie a été
dominée par les sentiments généreux, le culte du beau,
le goût des jouissances et des supériorités intellectuelles.
Toutes les deux ont inspiré de nobles et profonds attachements et attiré autour d'elles les grandes illustrations
de l'époque. L'une a régné par la grâce irrésistible de sa
personne, de son cœur et de son esprit; l'autre par l'as-
cendant du génie. Celle-ci, vive et ardente, répandait

partout le feu de son âme et les éclairs de sa pensée; celle-là, calme, défiante d'elle-même et d'une douceur angélique, était animée, par-dessus tout, d'un inaltérable esprit de bienveillance et de conciliation. L'une aimait à écrire et s'est immortalisée par ses ouvrages; l'autre écrivait peu, a exigé, par une disposition dernière, qu'on brûlât les *Mémoires* qu'elle avait commencés, et c'est dans un petit nombre de ses lettres, précieusement conservées par quelques amis, qu'on peut retrouver aujourd'hui le cachet de son style empreint de toute la délicatesse de la femme. L'une, dès longtemps maîtresse de disposer d'elle-même, a cherché, à la fin de ses jours, dans un mariage mystérieux qui lui a permis de ne pas abdiquer son nom, l'apaisement des orages du cœur et les satisfactions du bonheur domestique. L'autre a refusé d'épouser, au prix d'un divorce autorisé par celui qui aurait pu surtout y résister, un prince passionnément épris d'elle, puis d'unir sa destinée, lorsque rien ne s'y opposait, à celle d'un illustre écrivain qui, devenu son plus intime ami, la suppliait d'accepter sa main. L'une se personnifie dans *Corinne* montant au Capitole pour y être couronnée, l'autre dans la *Béatrix* du Dante, dont le nom a été donné à son buste par Canova qui l'a sculpté de souvenir.

Dans cette esquisse on a déjà reconnu madame de Staël et madame Récamier, « ces deux brillantes influences si distinctes et qui se complétaient si bien, » comme l'a dit un ingénieux critique[1].

---

1. M. Sainte-Beuve, *Causeries du Lundi*, t. I, *Notice sur madame Récamier*.

Il m'a été donné, et c'est un des meilleurs souvenirs de ma vie, de les connaître l'une et l'autre et, grâce à l'amitié qui les a unies à mon père et à ma mère, d'avoir en ma possession des lettres de chacune d'elles, où revivent leur âme et leur esprit. Dans ces épanchements intimes se dessinent les véritables traits de leur physionomie, et j'ai été heureux de pouvoir en révéler quelques nuances peu connues encore peut-être et qui feront mieux ressortir la beauté de leur caractère.

L'hommage que je veux rendre à ces nobles mémoires ne serait pas digne d'elles, si je ne cherchais qu'à satisfaire une curiosité frivole; j'espère qu'il en sortira un enseignement moral et littéraire.

La biographie de madame Récamier et de madame de Staël a été retracée par des écrivains distingués[1]; je m'abstiendrai de la reproduire dans toutes ses phases et je ne rappellerai que quelques faits qui expliquent ou éclairent la correspondance dont je publie des extraits.

Madame Récamier (Juliette Bernard) était née à Lyon en 1777, et avait pour père un notaire de cette ville qui fut, en 1784, nommé receveur des finances à Paris. Sa fille ne vint l'y rejoindre que quelques années après, à sa sortie du couvent de *la Déserte* où elle avait été mise en pension. Comme le temps qu'elle y passa a laissé dans son cœur et dans ses convictions une empreinte ineffaçable, j'emprunte d'abord à l'intéressant ouvrage publié sur elle par sa petite-nièce et fille d'adoption, madame

1, Dans l'ouvrage intitulé *les Reines du monde* et publié sous la direction de M. Armengaud, des notices ont été aussi consacrées à madame de Staël et madame Récamier.

Charles Lenormant[1], quelques lignes écrites par madame Récamier et qui ont pu être sauvées de la destruction de ses *Mémoires*. Elles se réfèrent à son départ pour Paris et témoignent à la fois de l'élévation de son caractère et du charme de son style.

« La veille du jour où ma tante devait venir me chercher, je fus conduite dans la chambre de madame l'abbesse pour recevoir sa bénédiction. Le lendemain, baignée de larmes, je venais de franchir la porte que je me souvenais à peine d'avoir vue s'ouvrir pour me laisser entrer ; je me trouvai dans une voiture avec ma tante, et nous partîmes pour Paris. — Je quitte à regret une époque si calme et si pure pour entrer dans celle des agitations ; elle me revient quelquefois comme dans un vague et doux rêve, avec ses nuages d'encens, ses cérémonies infinies, ses processions dans les jardins, ses chants et ses fleurs. C'est sans doute à ces vives impressions de foi reçues dans l'enfance, que je dois d'avoir conservé des croyances religieuses au milieu de tant d'opinions que j'ai traversées. J'ai pu les écouter, les comprendre, les admettre jusqu'où elles étaient admissibles ; mais je n'ai point laissé le doute entrer dans mon cœur. »

Juliette Bernard n'avait que quinze ans lorsqu'en 1793 M. Récamier, qui en avait quarante-deux, demanda et obtint sa main ; il était alors le chef d'une importante maison de banque de Paris. Au début du consulat des rapports d'affaires s'étant établis entre M. Necker et M. Récamier, la jeune femme du banquier, dès lors, suivant l'expression de M. Villemain, « nommée souvent

1. *Souvenirs et correspondance tirés des papiers de madame Récamier*, 2e édit., t. I, p. 2.

la plus belle et partout la plus remarquée, » se lia avec mademoiselle Necker qui avait épousé, en 1786, le baron de Staël-Holstein, ambassadeur de Suède à Paris. C'est chez madame de Staël, en 1801, que madame Récamier rencontra pour la première fois M. de Chateaubriand, et ce fut aussi chez madame de Staël qu'elle le revit pour la seconde fois en 1816.

De l'époque du consulat date la véritable célébrité du salon de madame Récamier où commencèrent à se réunir Lucien Bonaparte qui conçut pour elle une passion romanesque, le comte de Narbonne, Eugène de Beauharnais, Moreau, Bernardotte, Masséna, Camille Jordan, le vicomte Matthieu de Montmorency, le duc de Laval, Laharpe, Legouvé, M. de Barante, Fox, lord Erskine, le prince de Mecklembourg-Strélitz, le prince de Bavière, le prince depuis roi de Wurtemberg, etc., qui furent suivis dans ce salon, pendant un demi-siècle, par tant d'autres illustrations. J'en citerai une encore, la duchesse de Devonshire, qui a caractérisé madame Récamier avec autant de vérité que de finesse en disant d'elle : « D'abord elle est bonne, ensuite elle est spirituelle, après cela elle est très-belle[1]. »

Lorsque j'ai connu madame Récamier, elle était encore dans l'éclat de cette beauté dont le charme s'est maintenu jusqu'à ses derniers jours et est empreint dans une esquisse fidèle qu'a tracée d'elle, le jour de sa mort[2], Achille Deveria. Elle a été peinte par Gérard dans toute la fraîcheur de sa jeunesse, et c'est avec une douce émo-

1. V. dans la *Biographie universelle* l'article *Devonshire*, par M. Artaud de Montor.
2. 11 mai 1849.

tion que j'ai revu récemment, chez sa petite-nièce, ce délicieux portrait qui la représente lorsqu'elle était, selon le mot de M. Sainte-Beuve, *la reine des élégances*.

Mais je suis de l'avis de la duchesse de Devonshire, je place la bonté et l'esprit de madame Récamier au-dessus de sa beauté; c'est elle-même qui va justifier mon sentiment[1].

Je possède des lettres d'elle, la plupart de quelques lignes seulement, qui remontent à l'époque de ses premiers et grands succès dans le monde; j'en détache quelques fragments où se révèlent déjà les qualités de son cœur. Elle écrivait à ma mère : « Vous êtes bien bonne et bien aimable d'avoir pensé à la personne malheureuse dont j'ai parlé devant vous. Je vous l'envoie en vous priant d'être son interprète auprès de M. de Gerando; elle ne pourrait en avoir un qui sente mieux le prix d'une bonne action. » Un autre jour, entretenant ma mère de courses qu'elle avait été obligée de faire, elle ajoutait : « Toutes ces courses, je ne les fais pas pour moi, je les fais pour les autres. Si je les faisais pour moi, j'aurais certainement été vous voir; vous savez que c'est un de mes plaisirs les plus vrais et les mieux sentis... Dites-moi comment vous êtes; je crains que votre courage ne nuise

1. Je puis invoquer aussi celui de madame de Staël. Dans une lettre datée de Coppet, le 22 juillet 1814, elle écrivait à madame Récamier : « Il y a ici *celle* qui fut *vous* en Angleterre, il y a vingt ans, lady Charlotte Campbell... Vous avez bien plus d'esprit qu'elle, ce qui, quoi qu'on puisse dire, donne du bonheur. » Dans une autre lettre adressée aussi à madame Récamier le 27 octobre 1815, elle lui disait : « Les divisions de partis sont telles qu'on ne peut les réunir dans une chambre, à moins d'être, comme vous, un ange de bonté qui couvre tout de ses ailes. » (V. l'ouvrage publié par madame Charles Lenormant sous le titre de *Coppet et Weimar*, p. 274 et 307.)

quelquefois aux soins qu'exige votre santé... Dès que je saurai quelque chose sur l'avenir qui m'est réservé, j'irai vous le dire; heureuse ou malheureuse, j'aurai besoin de votre amitié. »

Madame Charles Lenormant a inséré dans les *Souvenirs de madame Récamier*[1] une lettre que lui avait adressée ma mère, le 13 octobre 1806, dans un moment où madame de Staël et madame Récamier se trouvaient ensemble à Auxerre, et où celle-ci venait de refuser une place de dame d'honneur à la cour, que Fouché lui avait offerte au nom de l'Empereur. La réponse de madame Récamier à ma mère est inédite et doublement précieuse comme autographe, parce qu'elle est accompagnée d'une page de la main de madame de Staël. « Je suis bien touchée, disait la première, de l'intérêt que vous prenez à tous mes chagrins; votre amitié a toujours été une de mes plus douces consolations. Chère Annette, j'en ai bien besoin, de consolation; mon cœur a été déchiré par tous ses sentiments. Que de fois j'ai regretté d'être si loin de vous, vous qui êtes si bonne et qui savez si bien comprendre toutes les peines de l'âme! Tout ce que vous me dites dans vos lettres m'a fait une profonde impression; madame de Staël, à qui je les ai fait lire, en a été si vivement frappée qu'elle veut vous écrire. Elle regrette de vous connaître si peu; nous parlons bien souvent de vous ensemble.

« J'apprends avec d'autant plus de regret l'embarras où vous êtes pour nos petites filles[2], que je ne vois aucune possibilité de leur être utile avant mon retour à

---

1. Tome I, page 123.
2. Celles qui étaient recueillies dans une maison de charité fondée par madame Récamier.

Paris. Tout ce que je puis faire, c'est d'écrire à Junot[1] pour qu'il donne l'ordre de payer ce qu'il a promis. Chère Annette, vous vous donnez bien de la peine pour faire le bien; votre vie me paraît l'exemple le plus touchant de toutes les vertus, et je trouve du bonheur à penser que je suis aimée d'une personne telle que vous. »

Cette lettre de madame Récamier est continuée par madame de Staël qui engageait ainsi avec ma mère une correspondance devenue ensuite plus intime : « Je suis si touchée, madame, de ce que madame Récamier m'a montré de votre lettre, que j'ai besoin de vous le dire. Il est vrai qu'à une certaine époque de la vie la douleur s'apaise par l'idée de la mort qui s'annonce de loin comme un point noir ou comme un point lumineux. Mais d'où vient que je me laisse aller à vous parler comme cela, tout de suite, du fond de la destinée? C'est un grand hommage que je rends à votre âme. — Revenons à ce qui se passe autour de nous; Juliette vous aime tendrement, et vous êtes ici très-vantée entre nous deux. Benjamin Constant aussi dit que votre entretien lui a laissé une profonde trace. Quand donc vous reverrai-je? Quand donc serons-nous réunies toutes les trois? Parlez de moi, je vous prie, à M. de Gerando, à notre ami, j'ose ainsi l'appeler. »

Quelques jours après, par suite d'un fatal concours de circonstances politiques, M. Récamier était obligé de suspendre ses payements, faisait à ses créanciers l'abandon de tout ce qu'il possédait, et leur confiante estime le mettait à la tête de la liquidation de ses affaires. Ce revers

1. Depuis duc d'Abrantès.

fut noblement supporté par sa jeune et courageuse femme qui fit vendre jusqu'à son dernier bijou. Madame de Staël, qui venait de se séparer d'elle pour se rendre à Genève, lui écrivit de cette ville, le 17 novembre 1806, une lettre qui a été publiée par madame Lenormant[1] et à laquelle j'emprunte un passage qui résume excellemment l'opinion de madame de Staël sur son amie : « Certainement en comparant votre situation à ce qu'elle était, vous avez perdu; mais s'il m'était possible d'envier ce que j'aime, je donnerais bien tout ce que je suis pour être vous. Beauté sans égale en Europe, réputation sans tache, caractère fier et généreux, quelle fortune de bonheur encore dans cette triste vie où l'on marche si dépouillé!... Chère amie, que votre cœur soit calme au milieu de ces douleurs. Hélas! ni la mort ni l'indifférence de vos amis ne vous menacent, et voilà les blessures éternelles. Adieu, cher ange, adieu! J'embrasse avec respect votre visage charmant. »

Au mois de juillet 1810 madame Récamier était venue rejoindre madame de Staël, à qui le séjour de Paris était interdit, dans le château de Chaumont-sur-Loire, près de Blois, qui avait été habité par Diane de Poitiers et par Catherine de Médicis. C'est de ce château que, le 17 juillet, madame Récamier adressait à ma mère, qu'elle venait de laisser à Paris, une lettre qui respire l'amitié la plus tendre unie à la plus exquise modestie, et, à la fin, un noble sentiment de patriotisme provoqué par une boutade épigrammatique de Benjamin Constant.

« Malgré la certitude de n'avoir pas de réponse je veux

1 *Souvenirs et correspondance de madame Récamier*, t. I, p. 129.

vous écrire, chère Annette, je veux vous dire que je vous ai retrouvée avec bonheur. Il fallait une amie exilée pour me décider à vous quitter si promptement, à vous quitter dans un moment où je serai si impatiente d'avoir de vos nouvelles.

« Je suis bien triste, j'aurais bien besoin de passer quelques moments avec vous et de vous parler du fond de l'âme. Vous êtes la femme à qui je voudrais ressembler ; j'aime en vous cette douce mélancolie qui prouve que vous ne savez pas voir toutes les raisons que vous avez d'être contente de vous-même. Il me semble que si j'avais toutes vos qualités j'aurais bien de la peine à m'empêcher d'être vaine, et ce serait déjà bien peu vous ressembler que de n'être pas modeste.

« Adieu, chère ; vous devriez écrire sur une feuille de papier seulement quatre mots, seulement trois, *je vous aime*, et ce souvenir de vous me ferait du bien.

« On s'occupe beaucoup ici de métaphysique allemande, et comme on parlait de l'idéal, Benjamin Constant de dire : « Pour un Français, *le réel*, c'est l'argent, *l'idéal*, la « vanité. » Je vous répète ce mot dont le tour est piquant ; mais, grâce au ciel, je crois qu'il y a en France autant de bons et de nobles sentiments qu'en aucun autre endroit de la terre. »

On sait que Benjamin Constant, qui est cité dans cette lettre, devint bientôt un des plus tendres admirateurs de Juliette Récamier. Il disait d'elle dans une lettre que je possède : « Il est aussi impossible que je passe un jour sans la voir en restant à Paris, qu'il l'est que je vive sans respirer. » Ma mère, à la prière de madame Récamier, eut à remplir une mission délicate et difficile, et elle eut le bonheur d'y réussir, celle de ramener Benjamin Constant aux sentiments d'une irréprochable amitié.

Dans l'été de 1807, madame Récamier avait accepté l'affectueuse hospitalité de madame de Staël dans le château de Coppet, situé au bord du lac de Genève. C'est là qu'elle avait fait la connaissance du prince Auguste de Prusse, neveu du grand Frédéric et alors prisonnier de guerre à Genève. Remarquablement beau, brave et loyal, il conçut pour la charmante amie de madame de Staël une extrême passion rehaussée par un caractère magnanime. Elle en fut vivement émue et accueillit un moment la pensée et la proposition d'un mariage qui était devenu possible; mais ses scrupules religieux, fortifiés par la réflexion, et le sentiment de ses devoirs envers un mari déjà vieux et déchu de la grande fortune dont il s'était plu à la faire jouir, l'emportèrent sur le premier entraînement d'un cœur qui ne s'était pas encore donné et sur les séductions du plus brillant avenir. Madame Récamier recula devant la nécessité d'un divorce auquel s'était généreusement prêté son mari[1], et, peu de temps après son retour à Paris, elle écrivit au prince Auguste une lettre qui ne devait lui laisser aucune espérance. Il ne cessa point toutefois de correspondre avec celle à qui il avait voué une si fidèle affection. En 1815, alors qu'il commandait l'artillerie prussienne et faisait successivement le siège de Landrecies, de Maubeuge, de Givet et de Longwy, il ne manquait pas, au pied de chacune de ces places, d'adresser encore à madame Récamier des billets tout rem-

---

1. V. sur la conduite alors tenue par M. et madame Récamier, les *Souvenirs et correspondance* publiés par madame Lenormant, t. I, p. 141, 142, 145.

2.

plis de sa passion chevaleresque, mais qui blessaient quelquefois le patriotisme de sa noble amie.

C'est à Paris qu'il la revit une dernière fois, en 1825, dans la retraite qu'elle s'était choisie à l'Abbaye-au-Bois. Il lui fit présent du tableau de *Corinne* improvisant au cap Misène, un des chefs-d'œuvre de Gérard à qui le prince l'avait commandé, et, en échange de ce tableau, madame Récamier lui donna son portrait peint aussi par Gérard. Le prince ne s'en sépara qu'à sa mort, et, d'après ses dernières volontés, il fut renvoyé à madame Récamier.

Cette phase de son existence avait trop d'importance pour l'estime qui continua de s'attacher à la pureté de son caractère, pour que je n'aie pas dû m'y arrêter quelques instants. Je reviens maintenant à des souvenirs qui nous reportent aux dernières années de l'Empire et qui n'honorent pas moins le caractère de madame Récamier.

Au mois d'août 1811, en se rendant aux bains d'Aix, en Savoie, et quoique avertie des rigueurs qui la menaçaient, elle s'arrêta à Coppet pour y revoir madame de Staël. Quelques jours après, madame Récamier était exilée à quarante lieues de Paris.

Elle alla s'établir à Châlons-sur-Marne et y emmena sa petite-nièce, mademoiselle Amélie Cyvoct, alors âgée de cinq ans, qu'elle venait d'adopter après la perte de sa mère et qui a épousé M. Charles Lenormant, membre de l'Institut. C'est de Châlons, pendant cet exil, que madame Récamier écrivit à ma mère une lettre datée du 15 décembre et dont voici un extrait :

« Je n'ai qu'indirectement de vos nouvelles, ma chère

Annette, je m'en informe toujours avec un tendre intérêt, mais il me serait plus doux d'en avoir par vous. Une
personne de ce pays-ci, qui part pour Paris, me donne
le moyen de vous faire parvenir cette lettre, et j'en pro-
fite bien vite pour me rappeler à vous, pour vous demander de ne pas oublier vos pauvres amis absents. Ils
trouvent tant de plaisir à penser à vous! Vous êtes si
bien selon leur opinion et selon leur cœur!

« Vous savez que j'ai vu Matthieu de Montmorency et
que je dois le revoir encore; c'est une des personnes avec
lesquelles j'aime à parler de vous. Mon excellente amie
la marquise de Catellan me demande à revenir près de
moi pour quelque temps; je suis fâchée que vous ne la
connaissiez pas; vous êtes faites pour vous aimer. —
M. de la Rochefoucault doit arriver demain; mon père et
M. Récamier viendront le mois prochain. Vous voyez
qu'au milieu de beaucoup de regrets et de tristesse j'ai
encore des moments fort doux, et que je dois encore une
tendre reconnaissance à la Providence et à mes amis d'a-
doucir autant une situation qui pourrait être si cruelle.

« Faites-moi le plaisir, chère Annette, de ne pas oublier de dire un mot de souvenir pour moi à madame de
Razomowski et à M. de Champagny. Il m'a donné, dans
des temps malheureux, de véritables preuves d'intérêt;
quel que soit mon avenir, je ne l'oublierai jamais... »

Au printemps de 1813 madame Récamier alla, pour la
première fois, à Rome, puis, au mois de décembre, à
Naples, où le roi Murat et la reine Caroline, avec laquelle
elle avait déjà contracté d'affectueuses relations, lui firent
le plus gracieux accueil. Dans le trajet de Rome à Naples
elle avait fait, à Terracine, la rencontre de Fouché, duc

d'Otrante, qui était chargé d'une mission de l'Empereur pour Murat, et qui ne pardonnait pas à la belle Juliette d'avoir refusé une place de dame d'honneur à la cour impériale. Il eut avec elle une conversation assez vive et en vint à lui dire : « Madame, rappelez-vous qu'il faut être doux quand on est faible. » — « Et qu'il faut être juste quand on est fort », lui répondit madame Récamier[1].

Dans ce mot se peignent si bien son caractère et son esprit, qu'il pourrait suffire pour justifier ce que j'ai dit de ce double mérite de l'amie de madame de Staël et de ma mère.

Après un exil de trois années, qui n'avait altéré en rien ni sa tendre et compatissante douceur ni sa modération politique, elle revint à Paris le 1er juin 1814, et y fut rejointe par madame de Staël dont l'exil venait aussi de cesser. Elles furent invitées ensemble, dans le courant de l'été, par la reine Hortense, qui avait accepté du roi Louis XVIII l'érection en duché de la terre de Saint-Leu et qui en portait le titre, à venir dîner dans son château : parmi les hôtes de la duchesse de Saint-Leu se trouva le prince Auguste de Prusse.

M. le baron de Voght, qui a été non-seulement un philanthrope éminent, mais aussi un homme de beaucoup de goût et du meilleur monde, avait voué depuis longtemps une fidèle affection à madame Récamier et avait mérité son amitié. Le 1er mars 1815, de sa terre de Flosbeck, près de Hambourg, il écrivait à mon père :

« J'ai un billet charmant de Juliette. C'est la femme

---

1. *Souvenirs et correspondance de madame Récamier*, t. I, p. 244.

du monde que j'aime le plus. Vivre près d'elle, jouir de sa douce amitié, contribuer par la mienne à son bonheur, voilà le plus beau de mes rêves. Il me faudrait cela, vous, Annette, Matthieu, et cet excellent Camille, si bon, si spirituel, si aimable. C'est trop beau pour cette terre ! »

Dans une autre lettre adressée aussi, de Flosbeck, à mon père, le 14 janvier 1816, le baron de Voght appréciait ainsi les sentiments religieux de madame Récamier :

« Dites-moi, je vous en prie, ce que fait la chère Juliette. Je veux bien qu'elle se donne entièrement à la piété; cela satisfait et console le cœur. Dans les âmes sensibles la religion a toujours quelque teinte de mysticité. C'est toujours l'amour, et l'amour a besoin du mystère. La religion de Juliette aura toujours la bonté, la douceur ineffable de son caractère. »

Dans l'automne de 1823, madame Récamier ayant fait un second voyage à Rome, rencontra, dans la basilique de Saint-Pierre, la reine Hortense avec qui elle renoua d'affectueux rapports. Elle la revit, en 1833, au château d'Arenenberg, et reçut d'elle ensuite un dernier et touchant souvenir : la reine lui légua un voile de dentelle qu'elle portait le jour de leur rencontre dans l'église de Saint-Pierre.

Madame Récamier se trouvait à Naples en 1824, lorsque j'eus le malheur de perdre ma mère. C'est à ce douloureux événement que se rattache la dernière lettre d'un véritable intérêt, que je possède de madame Récamier, et qui est tout entière un épanchement de son affliction et de son amitié pour ma mère. Si cette lettre a beaucoup de prix pour moi, elle en a peu pour d'autres, et on comprendra que je ne livre pas à la publicité des sentiments qui ont un caractère si intime et si lugubre.

Madame Récamier n'ayant pas quitté Paris depuis 1814 jusqu'en 1823, il n'y a eu, pendant ces neuf années, de correspondance entre elle et ma mère qui habitait aussi la capitale, que sur des incidents qui ne donnaient lieu qu'à des billets de quelques lignes.

Je puis toutefois, grâce à une obligeante communication de madame Charles Lenormant, insérer ici une lettre de ma mère adressée en 1815 à madame Récamier et qui concerne le général Lamarque :

« Deux personnes d'un haut rang et d'autorité nous ont fait dire hier, sachant l'intérêt que nous portons au général L...: « Il faut qu'il parte. » Un ministre a dit à mon mari : « Il ne m'appartient pas de donner des conseils, mais à sa place je partirais. »

« Voilà des conseils, chère amie, bien d'accord avec tout ce que les événements du jour font présumer pour les jours suivants. Il est urgent, comme vous voyez, de sauver le pauvre général, mais aucun de ceux qui sont de cet avis ne lui en fournit les moyens, et il n'y a que les femmes assez capables de dévouement au malheur, pour se charger de cette noble tâche. J'espère en vous, bonne amie. Pourquoi M. de Metternich ne ferait-il pas pour le général L... ce qu'on a fait pour des hommes qui avaient bien moins de titres à l'intérêt des caractères impartiaux et justes ? Je voudrais que vous eussiez pu entendre hier l'éloge qu'on m'a fait de l'admirable conduite du général dans la Vendée, de sa conduite plus belle encore à Tours, lorsque toute l'armée s'offrit à lui pour sa défense et qu'il répondit : « Je me brûlerai la cervelle ici, à cette croisée, si vous m'empêchez d'obéir au roi. »

« Nous aurions préféré pour lui l'Angleterre à tout autre pays parce qu'il en sait la langue, parce qu'il serait très à portée de s'embarquer et que, pour aller ailleurs, il faudra traverser toute la France. Cependant tout port de salut est bon, et ceux qui seront assez généreux pour lui en offrir un, le seront sans doute aussi pour lui en faciliter l'abord.

« Adieu, âme si bonne et si noble. Chaque jour je sais mieux combien vous êtes excellente. Je vous aime tendrement [1]. »

Je puis suppléer au silence épistolaire de madame Récamier pendant que ma mère et elle se voyaient presque journellement, par quelques souvenirs qui me sont personnels et dont l'exactitude m'est garantie par des notes journalières que je rédigeais à cette époque où j'étais en relations avec l'élite de la société parisienne.

Celles que j'ai eu l'honneur d'entretenir durant trente années avec madame Récamier m'ont souvent rappelé ce mot du gracieux auteur de *Laure Montreville* [2] : « Il n'y a

---

1. On sait que le général Lamarque put se réfugier et passa son exil à Bruxelles. Il avait eu beaucoup à se louer de la généreuse intervention de madame Récamier et en avait conservé un souvenir reconnaissant, dont témoigne une lettre datée du 30 août 1830 et dans laquelle il disait à madame Récamier : « Croyez bien que je serai heureux de saisir toutes les occasions de vous prouver que le souvenir de ce que vous avez fait pour moi dans des circonstances bien critiques vit toujours dans mon cœur. » Le général, dans une lettre adressée à ma mère le 22 mai 1823, appelait madame Récamier l'*ange de l'Abbaye-au-Bois*.

2. Madame Brunton.

pas de plus charmant sourire que celui que fait naître le bonheur des autres. » Ce qui donnait, en effet, à la belle physionomie de madame Récamier un charme ineffable, c'était un sourire qui lui était habituel, sourire plein de finesse et d'aménité, où respirait surtout son exquise bienveillance. Cette impression est encore vivante pour moi en me reportant à un de mes plus anciens entretiens avec madame Récamier, que je résumais ainsi le 26 mai 1822 : J'ai revu aujourd'hui, avec ma mère, madame Récamier que je n'avais pas visitée depuis quelques mois, et je l'ai trouvée plus gracieuse que jamais. Elle nous a spirituellement raconté de piquantes ou émouvantes anecdotes, dont l'une concernait la reine de Suède, alors à Paris sous le nom de comtesse de Gothland, avec qui elle est intimement liée, et qui a conçu pour le duc de Richelieu une passion à laquelle il s'est montré résolûment insensible...

A cette conversation se rattache le précieux souvenir d'une femme dont le mérite supérieur n'était alors connu que de quelques amis et qui, depuis sa mort et par de récentes publications[1], a acquis un juste renom : je veux parler de madame la comtesse Swetchine. Elle avait vu pour la première fois madame de Staël dans le salon de madame Récamier, et avait éprouvé une telle émotion qu'elle n'osa pas se mêler au cercle qui entourait madame de Staël et se tint à distance, comme absorbée dans une sorte de contemplation. Madame de Staël alla droit à elle et lui dit avec vivacité : « Pourquoi donc ne vous appro-

1. *Madame Swetchine, sa vie et ses œuvres*, publiées par le comte de Falloux.

chez-vous pas? N'avez-vous rien à me dire? » Madame
Swetchine répondit toute troublée : « Eh! madame,
n'est-ce pas toujours le roi qui salue le premier? »

J'emprunte à mes entretiens avec madame Récamier
un mot, que j'ai su par elle, de madame de Staël. Il était
question d'un auteur qui ne savait bien traiter que cer-
tains sujets et toujours les mêmes : « C'est, dit madame
de Staël, comme un de ces chanteurs qui ne savent bien
faire une roulade que sur *la felicita.* »

Je retrouve, à la date du mois de janvier 1826, le souvenir d'un autre entretien avec madame Récamier. Je la
félicitais de réunir autour d'elle des hommes éminents et
d'opinions fort opposées. « Je n'ai aucun mérite à cela,
me dit-elle, mon salon est un terrain neutre. »

Elle me parlait aussi, ce jour-là, du second mariage
d'une veuve apportant une grande fortune à son mari
qui n'en avait pas, mais qui était beaucoup plus jeune
qu'elle. « Si M. de M..., me dit madame Récamier, reçoit
beaucoup de sa femme, il lui apporte, en retour, dix ans
de moins qu'elle : c'est bien une *supériorité.* »

Une soirée à laquelle j'ai assisté, au commencement
de juillet 1828, dans le salon de l'Abbaye-au-Bois, qui
exerçait déjà une si grande influence sur le monde littéraire, est restée particulièrement gravée dans ma mémoire.
Je vois encore dans ce salon que décoraient le beau tableau de *Corinne* par Gérard et de précieux objets d'art
révélant le goût exquis de la maîtresse de la maison, je
vois les femmes élégantes et spirituelles, les hommes
presque tous illustres à des titres divers, qui composaient
cette réunion d'élite. J'y distingue encore l'auteur d'*An-
tigone* (l'excellent Ballanche), J.-J. Ampère dont les lettres

pleurent encore la perte[1], MM. Villemain, Sainte-Beuve, le comte de Sainte-Aulaire, Alexis de Tocqueville, le duc de Noailles, imposant aréopage que semblait présider l'auteur du *Génie du christianisme*, et devant lequel allait comparaître une jeune et belle muse à qui madame Récamier avait voulu ménager d'encourageants suffrages.

Une admirable voix de basse, qui sortait de la profondeur d'une mâle poitrine, se fit d'abord entendre : c'était celle du prince Grégoire Volkonski chantant un motet de Marcello en latin. Puis, mademoiselle Delphine Gay récita, entre autres poésies de sa composition, l'élégie adressée à un mystérieux amant, où se trouve ce vers qui ne pouvait émaner que du cœur d'une femme :

« Il ne fût point parti s'il m'avait dit adieu. »

Je me rappelle qu'après avoir récité cette élégie elle dit, avec une ingénuité dont ne paraissaient pas entièrement convaincus quelques-uns de ceux qui la compli-

---

1. Parmi les manuscrits qu'il a laissés se trouvent des *Souvenirs de l'Abbaye-au-Bois*.

Dans une notice biographique sur J.-J. Ampère, qu'a publiée le *Correspondant* (livraison du 25 mai 1864); sont insérées des lettres adressées par madame Récamier à Ampère et des lettres de celui-ci à madame Récamier. Dans une écrite d'Hyères et qui porte la date du 27 décembre 1829, il disait à madame Récamier : « C'est le jour de l'an que je vous ai vue pour la première fois. Ce moment, où je vous vis paraître tout à coup, en robe blanche, avec cette grâce dont rien jusque-là ne m'avait donné l'idée, ne sortira jamais de mon souvenir. Voilà tout juste dix ans de cela; toute ma jeunesse s'est passée entre ce moment et celui où je vous écris, et dans cet intervalle je vous retrouve, à toutes les époques de joie et de peine, avec ce charme du premier jour et de plus tout ce que l'habitude de tous les jours m'a découvert de raisons de vous aimer, de vous admirer... Ne m'enverrez-vous point pour mes étrennes quelques-unes de ces lignes que vous seule savez écrire ? »

mentaient : « Je parle beaucoup d'amour dans mes vers, mais j'en parle *à l'aveuglette.* »

J'ai rencontré aussi, à cette époque, dans le salon de l'*Abbaye-au-Bois*, une femme dont le renom poétique avait précédé celui de Delphine Gay, madame Amable Tastu, qui par le charme de son caractère comme par son gracieux talent, s'était concilié toute la sympathie de madame Récamier, et qui, dans un appendice de ses *Poésies nouvelles*[1], lui a rendu ce touchant hommage : « Il est bien difficile de l'approcher sans contracter quelque dette de reconnaissance. »

Un de mes derniers entretiens avec madame Récamier me rappelle un trait de sa gracieuse bonté et de son goût littéraire. Elle savait qu'elle avait vivement contristé M. Droz, membre de l'Académie française, en contribuant par son influence personnelle et celle de ses amis à l'élection d'un nouvel académicien dont la candidature avait prévalu sur celle d'un éminent prélat, qui avait été mise en avant et appuyée par M. Droz et avait paru d'abord devoir réunir la majorité des suffrages. Madame Récamier venait de lire avec un vif intérêt les *Aveux d'un philosophe chrétien*, publiés par M. Droz comme un appendice de ses *Pensées sur le christianisme*. Elle saisit cette occasion de se réconcilier avec l'auteur de ces excellents ouvrages et de l'*Essai sur l'art d'être heureux*,

---

1. Édition de 1835.

Madame Amable Tastu, que l'Académie de Metz s'honore de compter parmi ses membres correspondants, se rattache aussi à Metz par sa famille. Elle est la fille de M. Voïart qui a été administrateur général des subsistances militaires et avait épousé, en premières noces, Jeanne-Amable Bouchotte. Tous deux étaient nés à Metz, ainsi que leurs ancêtres.

et voulut bien me choisir pour son intermédiaire auprès de lui. « Allez le voir de ma part, me dit-elle, et parlez-lui du plaisir que j'ai eu à lire ses *Aveux d'un philosophe chrétien*. Dites-lui que je ne connais rien de plus exquis, comme sentiment conjugal, que ces mots sur sa femme : « Notre bonheur a duré quarante-sept ans, et « mon amour pour elle ne dégénéra jamais en amitié. » Puis, ajoutez que j'attends de lui une visite amicale et mon pardon. »

La mémoire de madame Récamier, a dit M. Sainte-Beuve, *vivra autant que la société française*[1]. On peut le dire aussi de madame de Staël.

Je l'ai moins connue que madame Récamier, parce que sa mort remonte au 14 juillet 1817, mais je me souviens encore de l'indulgente bonté qu'elle me témoignait, de la profonde impression que produisait sur mon jeune esprit l'éclat de son génie et de sa conversation, et du respectueux étonnement que me causait sa coiffure à *la Corinne*, un splendide turban dont elle ceignait habituellement sa tête.

Germaine Necker était née à Paris au mois d'avril 1766, et avait vingt ans lorsqu'elle épousa le baron de Staël-Holstein qu'elle perdit dès 1802. Ce fut elle qui, en l'an VII, vendit, pour son père, un hôtel qui lui appartenait rue du Mont-Blanc, à M. Récamier déjà depuis

1. *Causeries du Lundi*. V. aussi *Chateaubriand et son groupe littéraire*, par le même auteur, t. II ; les articles de M. Villemain dans *le Correspondant* (numéro du 25 octobre 1859) ; de M. Guizot dans la *Revue des Deux-Mondes* (numéro du 15 décembre 1859) ; la *Notice* de M. Boullée dans la *Biographie universelle* de Michaud, t. XXXV, et les *Entretiens* consacrés aux *Souvenirs de madame Récamier* dans le *Cours familier de littérature*, par M. de Lamartine, t. IX.

longtemps en relations d'affaires de banque avec M. Necker. L'achat de cet hôtel devint l'origine de la liaison
qui s'établit entre madame de Staël et madame Récamier, et leur première entrevue, racontée par la seconde
dans un des rares fragments de ses *Mémoires*, qui ont
été retrouvés et publiés par sa petite-nièce, fait si
bien ressortir la personnalité de madame de Staël que,
pour la mettre en relief, je ne puis mieux faire que de
laisser parler celle qui devint ensuite sa plus intime
amie :

« Un jour, et ce jour fait époque dans ma vie, M. Récamier arriva à Clichy avec une dame qu'il ne me nomma
pas et qu'il laissa seule avec moi dans le salon pour aller
rejoindre quelques personnes qui étaient dans le parc...
Je la pris pour une étrangère. Je fus frappée de la beauté
de ses yeux et de son regard; je ne pouvais me rendre
compte de ce que j'éprouvais, mais il est certain que je
songeais plus à la reconnaître et, pour ainsi dire, à la
deviner, qu'à lui faire les premières phrases d'usage,
lorsqu'elle me dit avec une grâce vive et pénétrante qu'elle
était vraiment ravie de me connaître, que M. Necker,
son père... A ces mots je reconnus madame de Staël. Je
n'entendis pas le reste de la phrase, je rougis, mon trouble fut extrême... Elle m'intimidait et m'attirait à la fois.
On sentait tout de suite en elle une personne parfaitement naturelle dans une nature supérieure. De son côté,
elle fixait sur moi ses grands yeux, mais avec une curiosité pleine de bienveillance... Mon trouble ne me nuisit
point; elle le comprit et m'exprima le désir de me voir
beaucoup à son retour à Paris, car elle partait pour Coppet... Je ne pensai plus qu'à madame de Staël, tant j'a-

3.

vais ressenti l'action de cette nature si ardente et si forte[1]. »

Au commencement de 1793, madame de Staël était venue chercher un asile en Angleterre. Elle passa quatre mois dans les environs de Londres, à *Juniper-Hall*, et occupa tout de suite le premier rang dans une société choisie d'émigrés réunis à Mickleham et parmi lesquels se trouvaient la duchesse Victor de Broglie, la marquise de la Châtre, M. de Narbonne, le général d'Arblay, MM. de Montmorency, de Lameth et de Jaucourt. Madame de Staël fit, dans ces réunions, la lecture de ses *Lettres sur J.-J. Rousseau* et de son ouvrage, encore inédit, *de l'Influence des passions sur le bonheur des individus et des nations*[2]. Elle revint en Angleterre en 1813 et séjourna quelques mois à Londres où elle fut reçue par le Prince-régent et très-goûtée par le monde littéraire et le monde politique.

Ce fut à l'époque où eut lieu la première entrevue de madame Récamier et de madame de Staël, que commencèrent aussi les relations amicales de mon père avec madame de Staël qui voulut bien, au printemps de l'année 1800, mettre à sa disposition et à celle de ma mère la maison de campagne de M. Necker à Saint-Ouen, que l'ancien ministre de Louis XVI avait cessé d'habiter depuis peu.

Un billet sans date se rapporte à ces premières relations de mon père et de ma mère avec la fille de M. Nec-

1. *Souvenirs et correspondance de madame Récamier*, t. I, p. 24.
2. V. les *Mémoires de madame d'Arblay* (miss Burney), publiés à Londres en 1842-1843.

ker; il est ainsi conçu : « Joseph[1] ne dîne pas chez moi aujourd'hui, mon cher Gerando ; je vous l'aurais dit. Je serais bien heureuse si je vous étais jamais utile. Qui peut vous payer de vos vertus? Personne; que votre conscience et Annette[2]. »

M. Necker avait quitté Saint-Ouen parce qu'il y avait perdu sa femme, et était alors au château de Coppet. C'est de là qu'il adressa à mon père, le 6 décembre 1800, une lettre où il parle du premier ouvrage que venait de publier mon père[3] et des sentiments de madame de Staël; j'insère ici cette lettre parce qu'elle sera lue, je pense, avec intérêt.

« L'article du *Mercure* ne m'est plus indifférent, Monsieur, puisqu'il m'a valu une lettre de vous si remarquable en grâce et en bonté. Votre suffrage me paraît un garant de l'approbation des hommes sages et honnêtes, et j'aime ce résultat de la science des signes. Quel jour vous avez jeté sur cette science par votre lumineuse métaphysique! et pourtant, entraîné par votre esprit, vous avez bientôt dépassé ce but. Ne vous lassez point de nous guider dans le labyrinthe de notre nature morale; votre flambeau jette une grande clarté et ne fatigue point la vue.

« Je félicite ma fille de vous avoir pour ami, et elle m'a vite prouvé qu'elle avait raison de mettre un grand prix à cette relation. Je recommande à votre protection

---

1. Joseph Bonaparte, avec qui madame de Staël a toujours entretenu les meilleures relations.
2. Prénom de ma mère.
3. *Des Signes et De l'art de penser,* ouvrage couronné par l'Institut en l'an VII et publié l'année suivante.

et à celle de M. de Montmorency ce qu'elle rapporte de Suisse en sentiments doux et en principes affermis, ce qui va si bien à sa nature. J'ai su avec plaisir qu'un bon ménage habitait ma maison de campagne, et ce ne sont pas mes traces que vous chercheriez de préférence dans les belles allées de Saint-Ouen, si vous aviez connu ce que j'ai perdu. Puissiez-vous, Monsieur, jouir longtemps du bonheur dont vous êtes en possession! Agréez, je vous prie, mes vœux et les assurances du plus parfait attachement.

NECKER. »

Quelques mois après, madame de Staël avait rejoint son père à Coppet lorsque, le 29 floréal an IX (19 mai 1801), elle écrivit à mon père la lettre suivante qui est la première de toutes celles que je possède avec une date :

« J'ai vu dans le *Citoyen français*[1], mon cher Gerando, un extrait, le plus aimable de cœur et le plus spirituellement fait, du livre que je viens de publier. Je vous y ai reconnu, je vous aurais deviné partout. Vous savez bien que dans le petit cercle d'Annette il y a un foyer de sentiments tendres et d'idées élevées, qui ne se retrouve dans aucun autre lieu.

« Me voilà donc au pied de ces montagnes que vous m'enviez; toute l'armée de réserve les a traversées, et je crois vraiment à des succès aussi rapides que la marche. Bonaparte a été aimable pour mon père, et même pour moi dans ses discours. Tout le monde dans ce pays en a la tête un peu tournée.

« J'ai trouvé mon père très-bien, voulant lire votre ouvrage qu'il a fait venir, et pressentant tout ce que vous

---

1. Recueil périodique de cette époque.

êtes; mon fils aîné, déjà un honnête homme quoiqu'il ait à peine dix ans, et ma petite fille très-gracieuse. Je vais tâcher de reprendre à des intérêts, à des occupations, mais je crains que la source de la vie morale ne soit tarie en moi.

« Ma campagne est-elle toujours jolie? Ma pensée s'y repose en vous y sachant. Mon père ne veut pas la vendre cette année; ainsi jouissez-en tant que vous vous y trouverez bien. Je suis sûre que vous ne pensez pas aux moyens d'avoir une place; pensez donc cependant que sans cette place nous vous perdrons, et que l'amitié vous inspire l'ambition.

« Savez-vous si Laharpe, Fontanes, ou d'autres, ont parlé de mon ouvrage, et ce qu'ils en ont dit? Voulez-vous vous informer pourquoi le *Publiciste* n'en a point fait d'extrait?... Rœderer, que dit-il? Je puis l'entendre à côté du suffrage de mon père. Enfin, donnez-moi tous les détails dont vous ne saurez que faire. Les solitaires comme nous vivent de faits, et mon père et moi, qui ne sommes pas si champêtres que vous, nous sommes avides d'anecdotes, même en présence du Mont-Blanc.

« Parlez de moi avec Annette; ne vous désaccoutumez pas de m'aimer. Ce triste hiver n'est point maudit par moi, puisqu'il m'a valu votre amitié. Laissez-moi ce bien qui m'a consolée, soutenue et honorée. Adieu, adieu, écrivez-moi le plus souvent que vous le pourrez. »

L'ouvrage que venait de publier madame de Staël et dont le sort la préoccupait dans cette lettre, est celui qui a pour titre : *De la Littérature considérée dans ses rapports avec les institutions sociales.* M. de Fontanes, dont elle désirait connaître l'opinion sur cet ouvrage, lui consacra dans le *Mercure* un article où il mêla la critique à l'éloge et releva notamment une contradiction dans laquelle était tombée madame de Staël : elle s'était proposé de démontrer la perfectibilité indéfinie de l'esprit humain, et se répandait en plaintes sur les progrès de la corruption universelle.

Ce n'était pas le premier écrit de madame de Staël. Avant son mariage, à l'âge de vingt ans, elle avait composé une comédie intitulée *Sophie ou les sentiments secrets*, puis une tragédie, *Jane Grey*[1], une autre ayant pour titre *Montmorency*, et, en 1788, les *Lettres sur les écrits et le caractère de J.-J. Rousseau*. Quelques années après, elle faisait acte de courage et d'éloquence en adressant à la *Convention* une défense de la reine, où une ingénieuse pitié s'associait à l'énergie de la protestation, et elle essayait son talent poétique dans une *Épître au malheur*. Après la chute de Robespierre, elle publia, sous le voile de l'anonyme, une brochure intitulée *Réflexions sur la paix, adressées à M. Pitt et aux Français*, dont Fox fit un grand éloge dans une séance du parlement.

En 1796, elle fit paraître l'ouvrage qui a pour titre : *l'Influence des passions sur le bonheur des individus et des nations*. Ce fut deux ans après, que madame Récamier, qui venait de lire avec admiration les *Lettres sur Rousseau*[2], fit, à Clichy, la connaissance de madame de Staël.

Cependant mon père avait répondu, le 18 prairial an IX

---

1. Un remarquable épisode de cette tragédie a été inséré à la suite de l'*Essai sur le suicide*.

2. Dans la préface de la seconde édition de cet ouvrage, publiée en 1814, madame de Staël a inséré cette judicieuse et noble réflexion : « Tout marche vers le déclin dans la destinée des femmes, excepté la pensée dont la nature immortelle est de s'élever toujours. »

(7 juin 1801), à la lettre du 29 floréal, et j'extrais de la sienne, qui est une de celles que m'a communiquées madame la baronne Auguste de Staël, les passages suivants :

« On savait bien que la politique suscite des persécutions, mais cette innocente métaphysique, si étrangère aux affaires de ce monde, s'en serait-on jamais douté? C'est cependant ce qu'un des derniers numéros du *Journal de Paris* vous aura prouvé ainsi qu'à moi. Me voici à vos genoux, vous demandant pardon de vous avoir attiré ce nouvel orage, dont votre extrême bonté pour moi a été la seule cause. Je vous présente deux nouveaux in-folio de métaphysique, pour les jeter à la tête de nos adversaires. Plaisanterie à part, il y a plus d'un chapitre où ils se reconnaîtront. Il m'en resterait un bien joli à faire sur la combinaison de la sottise avec l'envie.

« Au reste, j'aime à croire que cet article ne vous fera pas plus de peine qu'à moi. Vous rirez de la rage de ces petits critiques qui passent leur temps à épiloguer les livres des autres parce qu'ils sont incapables d'en faire, et qui s'attachent avec tant d'acharnement aux mots parce qu'ils sont hors d'état de saisir une pensée...

« Vous me demandez plus que je ne peux, en m'ordonnant d'avoir un peu d'ambition. Je suis incapable de faire aucune de ces démarches dont je sens qu'il serait besoin. Il me semble bien que je remplirais mieux les fonctions publiques que telles gens que je sais, mais il me semble aussi que, si j'en suis digne, elles doivent venir au-devant de moi. »

Madame de Staël entretint avec mon père, pendant l'année 1801, une correspondance fréquente et nuancée tantôt par la vivacité des sentiments, tantôt par des traits

d'esprit, et qui révèle, dans toute sa candeur, cette nature si riche et si ardente[1]. On va voir ce que madame
de Staël pensait alors du vainqueur de Marengo.

Le 15 messidor (4 juillet) elle écrivait : « Vous êtes
bon de ne pas m'oublier, car la tête pourrait bien tourner de toutes les merveilles d'Italie. J'ai cédé à l'enthousiasme, moi-même que la flatterie éloignait de l'admiration. Les *gouvernementistes* seront bien contents de moi
cet hiver, du moins ceux qui veulent la louange sans
la bassesse.

« Vous prétendez que vous avez adouci l'amertume de
votre ami Fontanes[2]; que voulait-il donc dire? J'ai l'idée
de lui répondre; si son deuxième article me déplaît autant que le premier, je le ferai avec le ton qui me convient, mais je relèverai les faits faux et les insinuations
perfides. — J'ai à répondre à tant de lettres sur mon ouvrage (surtout des Allemands) que cela prend la moitié
de ma vie. Je veux cependant continuer mon roman[3];
j'espère qu'il plaira à Annette; je la reconnais pour juge
des sentiments vifs et délicats dans quelque situation que
je les place. Dites à Matthieu[4], je vous en prie, que j'ai
changé presque entièrement ce qui lui déplaisait de mon
plan; il faudra bien qu'il lise au moins ce roman-là.

1. « Madame de Staël a ouvert avec tant de franchise et de bonne
foi, aux personnes qu'elle honorait de son amitié, le fond même de
son âme; la disposition de son caractère la portait à exprimer avec un
tel abandon ses vives et souvent mobiles impressions, que plus qu'aucune autre elle se peint dans sa correspondance. » — Préface de
Coppet et Weimar, par madame Charles Lenormant.

2. Allusion à l'article publié dans le *Mercure*.

3. Celui de *Delphine*, qui fut publié en 1803.

4. Le vicomte de Montmorency.

« Lucien écrit les plus belles lettres du monde. S'il vous donne une place qui vous fixe à Paris[1], je le chante en vers et en prose à moindre prix que Fontanes.

« On craint encore ici que la paix ne soit pas facile; mais c'est de Paris qu'il faut nous donner des nouvelles. Ne vous reste-t-il pas un petit coin d'enthousiasme pour Moreau? Tout tranquillement il a conquis la Souabe entière et fait aussi un armistice; mais rien n'a l'éclat de Marengo, et il faut convenir que s'exposer, sa fortune faite, est plus brillant que s'exposer pour la faire.

« Vous êtes aimable de causer avec Martin de mon enfance et de mes parents; vous avez la simplicité des héros d'Homère; moi, je les aime, mais je ne sais pas leur parler. — Quand votre ouvrage paraîtra-t-il? Ayez soin de le mettre sous bande à mon adresse *à Genève*. Pardon de ces détails, mais c'est pour bien m'assurer un vrai plaisir, vous lire et suivre vos idées en pensant à vos sentiments. »

Mon père répondit, le 14 août, à madame de Staël : « Entonnez, Madame et chère amie, votre hymne en vers et en prose en l'honneur de Lucien. Sa courtoisie a surpassé notre attente et prévenu nos désirs. Ayant demandé à le voir, je lui dis un mot des sacrifices que j'avais faits et de la nécessité où ils me mettaient de quitter Paris. Il s'y opposa, m'offrit une place pour me retenir, m'envoya tout de suite demander à son secrétariat quelles étaient les places à sa nomination, me dit de choisir celle qui me convenait le mieux, et me promit de me la donner. Toutes les places de conservateurs des bibliothèques

---

1. Lucien Bonaparte était alors ministre de l'intérieur.

étaient prises. Il restait la place de Savoye-Rollin[1], mais une réforme allait la supprimer par une nouvelle organisation des *bureaux consultatifs*. Néanmoins Lucien me fit espérer qu'il pourrait me la donner et que j'en recevrais avis. Quinze jours s'étaient écoulés depuis, lorsque, hier, je lui écrivis en lui envoyant le dernier volume de mon ouvrage pour lui en rappeler le souvenir. J'eus l'agréable surprise, en arrivant à Paris, de trouver ma nomination, et je fus obligé de changer ma lettre en remercîments. Cette place a l'avantage, à la fois, d'occuper très-peu, de n'occuper que d'objets intéressants et utiles, et d'être très-indépendante. Le bon Matthieu de Montmorency en a été plus heureux que moi; cependant j'avouerai que j'ai joui de pouvoir rester à Paris auprès des excellents amis que j'y possède et dont la réunion sera complétée cet hiver. J'ai joui aussi de trouver dans mon séjour à Paris un moyen de me perfectionner pour faire quelque jour un peu de bien. On m'offrait à *l'École centrale de Lyon* une chaire d'histoire que je viens de refuser.

« Les deux derniers volumes de mon ouvrage dont vous avez bien voulu agréer l'hommage partent aujourd'hui par le courrier à votre adresse à Genève. Plusieurs des idées qui vous sont chères y sont, non pas combattues, mais modifiées. J'espère cependant que vous les jugerez avec indulgence, en faveur de cet ardent amour de la vérité, du zèle pour le perfectionnement de la morale, qui seuls en ont inspiré toutes les pages...

« C'est parfois une triste profession que celle d'homme de lettres : on éprouve les dédains de ceux qui ne le sont

1. Au *Conseil des arts et du commerce.*

pas et la jalousie de ceux qui le sont. Les premiers s'irritent de ce qu'on peut avoir de l'esprit, les seconds de ce qu'on n'en a pas à leur manière. Une seule chose peut vous consoler, c'est le désir du bien, et je crois que lorsqu'on a cette intention dans toute sa pureté, on devient à peu près impassible aux contradictions...

« Quand je vous vois composer un roman, je me rappelle Jean-Jacques cherchant à perdre dans la conception d'un monde imaginaire le souvenir du monde qu'il avait vu. J'ai peur seulement qu'au lieu de vous créer des hommes qui vous conviennent mieux que ceux d'aujourd'hui, vous ne redescendiez trop souvent sur la terre et ne vous retrouviez en face de vos désillusions et de vos peines, lorsqu'il aurait fallu vous en distraire. Formez une société où les amis soient fidèles, les ennemis généreux et tous les hommes sincères, où l'on vive en sûreté, où l'accord des cœurs prépare l'harmonie des esprits, où la philosophie se montre sans scepticisme, la religion sans intolérance, l'esprit sans causticité, l'érudition sans pédanterie. Vous vous retrouverez encore vous-même dans cette société nouvelle, mais vous vous y trouverez honorée, chérie, entourée de vos vrais amis. J'y demande une place seulement parmi ceux qui vous sont le plus sincèrement dévoués. Ne me confiez pas la clé de cette galerie, car je serais peut-être un peu difficile à l'égard de ceux qui voudraient vous y suivre... »

Le 17 août, dans une lettre datée aussi de Coppet, madame de Staël parle encore à mon père de l'ouvrage critiqué par M. de Fontanes, et le questionne sur M. de Narbonne qui avait été l'objet d'une première et vive affection de la fille de M. Necker.

« Je ne pourrais pas supporter, mon cher Gerando, de ne pas vous retrouver à Paris cet hiver. Quand je veux reposer ma pensée sur cet avenir, j'ai besoin de me dire que votre amitié se joindra à celle de Matthieu pour tranquilliser mon imagination, et s'il fallait ne pas avoir cette espérance, j'entrerais avec bien plus d'effroi dans cette nouvelle carrière de six mois... Vous me dites que vous m'écrivez de longues lettres, et vous ne me mandez pas la millième partie des détails que je vous demanderais. C'est sur M. de Narbonne surtout que je vous ferais des questions. Comment est-il avec Talleyrand? Comment est-il avec son amie? Que croyez-vous qu'il est pour moi? Que vous a-t-il dit de mon ouvrage? etc. Mon cœur est toujours occupé de ses sentiments à mon égard.

« J'attends votre ouvrage; quant au mien, j'en fais une seconde édition avec une préface et des notes pour répondre aux faits allégués par Fontanes, mais non à lui. Vous en serez content, à ce que je crois. Vous pensez bien que je n'ai pas donné un instant d'attention aux pasquinades du *Journal de Paris*. Avez-vous lu les quatre numéros de *la Clef du Cabinet* sur mon ouvrage? Ils sont excellents.

« J'apprends l'allemand, comme vous à Stuttgard, et comme vous je fais un roman, mais d'imagination, et point avec Annette. — Je dois vous dire qu'à Genève il y a des hommes qui ont lu votre ouvrage et savent l'apprécier. A Berne, aussi, l'on m'a dit qu'il y avait des professeurs qui en faisaient le plus grand cas. Pour juger si un ouvrage fait du bruit, il faut être à Paris; mais pour savoir si sa réputation est fondée et sera durable, il faut regarder plus loin.

« La Suisse a eu un 18 brumaire avec les formes d'un 18 fructidor; mais si l'on nous donne un gouvernement fédéral, le résultat sera très-bon.

« J'ai lu votre lettre à mon père, et il vous en a aimé. S'il ne vous trouvait pas à Paris l'année prochaine, il me semble que j'aurais une bonne raison de moins à lui donner pour son voyage. En écrivant à Camille Jordan, dites-lui que j'aime quelqu'un à Genève, seulement de ce qu'il lui ressemble un peu. »

Quelques jours après, le 27 août, madame de Staël, à propos d'un cours de philosophie que mon père se proposait de faire à Paris dans un lieu de réunions littéraires et scientifiques qu'on appelait le *Lycée*, émettait des vues pleines de sagacité sur l'enseignement libre, et dont on pourrait faire l'application aux conférences publiques organisées dans plusieurs villes. Voici un extrait de cette lettre :

« Depuis longtemps je ne savais plus ce que c'était qu'une bonne nouvelle, et j'ai eu un retour de confiance dans le bonheur quand votre lettre, qui m'apprend que je vous conserve à Paris, et celle de Matthieu me sont arrivées ensemble... J'ai reçu vos deux volumes, et nous allons en commencer la lecture en commun, mon père et moi. Je l'ai commencée seule, et ce que j'en ai lu m'a beaucoup plus intéressée que les deux premiers encore. J'ai été tout de suite aux questions qui me regardaient, et j'y ai trouvé toutes les idées qu'on peut avoir sur ce sujet. Ce livre est utile au plus haut degré pour ceux qui veulent s'instruire, mais n'oubliez pas qu'en France on ne s'instruit que malgré soi. C'est cette réflexion qui me fait hésiter pour votre projet du *Lycée*. Vous croyez-vous certain de choisir dans des idées utiles celles seulement qui sont frappantes, et de faire encore un choix parmi celles-là pour ne présenter que celles qui s'enchaînent facilement dans des têtes légères? Alors, acceptez; mais songez bien qu'une science abstraite, en France, ne peut être enseignée avec succès qu'en y mêlant tout ce qui doit intéresser l'imagination.

« Vous m'avez demandé une lettre pour introduire Diétrich auprès de M. de V.; ne le connaissez-vous donc pas? Il la lirait, dirait mille choses obligeantes à Diétrich, puis ferait une pirouette sur ses talons, ne pensant plus ni à lui ni à moi...

« J'ai lu le rapport de Savoye-Rollin : il est bien écrit, et c'est sûrement le discours d'un homme dont l'esprit est plein de sagacité. Mes opinions ne sont pas tout à fait conformes aux siennes; je crois qu'une censure plus sévère sur les actes du Gouvernement est nécessaire, et qu'il ne faut pas laisser osciller son esprit, comme la pendule, d'une extrémité à l'autre.

« Je voulais écrire deux mots, voilà une lettre. Adieu. bien vite adieu. Je vous aime pour la vie. »

Le 2 octobre, mon père écrit à madame de Staël : « Je vous dirai que Rœderer fait au *Lycée* un cours d'économie politique, Garat un cours d'histoire, Laharpe un cours de littérature, un jeune métaphysicien de vos amis un cours de philosophie morale, et qu'il se trouve sur la liste des candidats pour une place vacante au Tribunat...

« Cette pauvre métaphysique a vraiment aujourd'hui de bien ardents ennemis. Les hommes ne s'accoutumeront-ils jamais à distinguer la chose de son abus? Les systèmes abstraits nous ont fait beaucoup de mal ; donc il faut renoncer aux méthodes philosophiques : quelle conséquence ! Autant vaudrait dire qu'il faut renoncer à la médecine parce que les empiriques ont tué plus d'un malade. On a voulu réduire la morale au calcul de l'intérêt personnel ; ▬▬▬ ▬ois qu'on a eu très-grand tort, mais s'ensuit-il ▬▬▬▬▬ logique ne puisse être utile à la morale ? Oh ! qui me donnera des talents qui répondent à mon zèle, qui me donnera des auditeurs disposés à m'entendre de bonne foi ? Comme je ferais sentir l'étroite et céleste alliance de la raison et du sentiment ! La vraie connaissance de l'homme ne peut tendre qu'à l'améliorer : cette vérité renferme tous les motifs qui m'animent, tout le but de mon existence... »

Le 8 octobre de la même année, après s'être excusée d'avoir laissé sans réponse, à cause de l'inoculation de sa fille, cette lettre de mon père, madame de Staël continuait ainsi : « Je n'ai pas passé ce temps sans songer à vous. Je me suis occupée de votre ouvrage avec mon père, et je n'ai pas pensé une seule fois à Paris sans songer que je vous y verrais. Ma cousine[1] se fait un grand plaisir de vous connaître, et je promets à la douce Annette une femme qui a ses vertus et, si je voulais être fat, j'ajouterais, mes agréments. Je ne suis pas étonnée de l'impression que produit sur vous la méchanceté des hommes ; jugez ce que j'en ai souffert, moi qui m'y suis tant exposée. Vous me demandez si vous me retrouverez plus heureuse ; je ne puis vous le promettre, car j'ai fini par croire que la douleur était l'état habituel de l'homme.

1. Madame Necker de Saussure.

et je vis avec une souffrance au cœur comme d'autres avec un mal physique... Ah! croyez-vous que le cœur puisse jamais se relever de ce qu'il m'est arrivé? Les trois hommes que j'aimais le plus, que j'aimais depuis l'âge de dix-neuf et vingt ans, c'était N. (*Narbonne*), T. (*Talleyrand*) et M. (*Matthieu de Montmorency*). Le premier est une forme pleine de g.... le second n'a plus même la forme, et le troisième est altéré dans tous ses agréments quoique ses adorables qualités lui restent. J'ai de nouveaux amis qui me sont très-chers, mais le passé semble surtout fait pour ébranler l'imagination et le cœur. Le présent, que l'on regretterait plus amèrement encore que ce passé, n'en peut effacer la trace. Je laisse cette réflexion presque métaphysique à vous qui êtes un si fin observateur de l'intérieur de l'âme et qui avez des yeux qui voient mieux en dedans qu'en dehors... Vous croyez à la paix, je veux me livrer à cet espoir avec vous, mais je vois ici des politiques plus sombres. — Faites des vœux, je vous prie, pour les jolis yeux de ma pauvre petite; j'en suis très-inquiète, j'espère à tort. Mais la moindre chance d'un malheur affreux fait frémir. Adieu, mon cher et excellent ami; à cet hiver, adieu. »

Une lettre datée du 31 octobre roule principalement sur l'ouvrage que M. Necker venait de publier sous ce titre : *Dernières vues de politique et de finances, offertes à la nation française*. A l'exaltation du sentiment filial s'associe d'abord un sentiment de profonde affection pour un homme que j'ai déjà cité, dont le noble caractère répondait à l'illustration de son nom, et qui a été aussi un des plus dignes amis de madame Récamier.

« Vous ne m'aimiez pas du tout en écrivant votre dernière lettre, mon cher Gerando, et vous avez eu tort. Je vous avais exprimé un mouvement de peine sur Matthieu, et vous avez pu croire qu'il était nécessaire de le justifier! Si vous saviez avec quel plaisir je donnerais la moitié de ma vie pour lui, vous auriez compris que mes plaintes étaient de la nature de celles qui prouvent que l'on aime trop vivement.

« J'ai chargé Eugène [1] de vous remettre un exemplaire de l'ouvrage de mon père; il le désirait. Je suis impatiente de votre impression, quoique je n'en doute pas. Dites aussi à Matthieu que je suis impatiente de la sienne [2]. Rien n'a jamais fait une impression plus profonde sur moi. Comme votre cœur et celui d'Annette sentiront ce langage indulgent et pur qui est un pas de plus vers la Divinité! On s'en croit moins éloigné après avoir lu et aimé ce livre.

« Vous m'avez fait rire par votre humeur contre moi de ce que je vous demandais des nouvelles. Eh bien! j'aurais encore envie de savoir si l'on croit que le congrès sera long; mais voilà tout, entendez-vous, mon cher métaphysicien? J'irai souvent au *Lycée* avec ma cousine [3], vous pouvez y compter. En attendant, revenez à m'aimer, ne fût-ce que parce que je suis la fille de l'ouvrage que vous allez lire. »

1. C'était le valet de chambre de madame de Staël.
2. Le même mois, madame de Staël écrivait aussi de Coppet à Camille Jordan : « Qu'avez vous pensé de l'ouvrage de mon père? N'avez-vous pas trouvé que c'étaient vos sentiments appliqués aux institutions? Je ne sais rien qui s'accorde mieux que votre jeunesse et sa vieillesse. Mandez-moi ce que vous en pensez et ce qu'on en dit. — Adieu, je vous aime à présent bien plus que vous ne m'aimez. »
3. Madame Necker de Saussure.

Quelques jours après, mon père répondait à madame de Staël : « Pour cette fois, Madame et chère amie, vous êtes servie en nouvelles, et j'espère que quatre paix en quinze jours auront un peu calmé la soif qui vous dévore. J'espère aussi que vous aurez partagé nos transports de joie. Amie de l'humanité, amie de la morale, c'est avec vous qu'il est doux de prononcer le mot de paix et d'en calculer toutes les suites. Vous aurez admiré ce développement énergique de l'esprit public en Angleterre; vous aurez gémi avec nous de la froideur de nos Français qu'il était autrefois si facile d'exalter, et vous aurez dit avec nous : C'est ainsi que les révolutions usent les âmes et éteignent l'esprit public après l'avoir égaré...

« J'ai grand plaisir à vous dire, et vous en aurez à l'entendre, que le général Moreau a été extrêmement satisfait de l'ouvrage de M. votre père. J'en ai causé avec lui; son entretien m'a révélé le plus beau caractère associé aux idées les plus justes...

« Quelle aimable et précieuse lettre m'a adressée votre cousine[1]! Qu'on se sent bien dans son souvenir ! Et c'est encore à vous que nous devons ce nouvel anneau de la chaîne qui nous attache tout ensemble à la vie et à la vertu, deux choses qui souvent paraissent si peu faites l'une pour l'autre...

« Nous avons été bien mécontents, Camille Jordan et moi, de l'ouvrage de Cabanis. Voilà ce qui discrédite la philosophie, ce qui la fait considérer comme l'ennemie de toutes les idées consolantes. Non, des hommes qui ne croient qu'à la fatalité et à la matière ne peuvent être

1. Madame Necker de Saussure.

les amis sincères de la liberté. Nous ne savons gré à Cabanis que d'une chose, c'est d'avoir dit un peu de bien de vous... Faites-nous toutefois la grâce de partager notre indignation contre la désastreuse influence de son ouvrage. En réduisant tout ainsi en matière brute, n'est-ce pas inviter à nous pétrir comme on veut?...

« Je vous envoie par la poste deux exemplaires de ma *Vie de Caffarelli du Falga*, l'un pour vous, l'autre dont je vous prie de faire hommage, en mon nom, à votre respectable père. Je suis sûr que le caractère et les actions de cet homme magnanime vous plairont; je voudrais que la manière dont je les ai décrits obtînt aussi votre suffrage...

« Nous ne regrettons, Annette et moi, notre départ de Saint-Ouen qu'à cause de vous; il nous sera pénible de voir tant de souvenirs errer autour de visages inconnus. Adieu, dites-moi que mon attachement est quelque chose pour votre bonheur. »

L'année suivante, le 10 messidor (30 juin), madame de Staël continuait avec mon père cette correspondance où de piquantes saillies se mêlent à de judicieuses réflexions.

« Je vous remercie de votre lettre, et si je suis jamais assez heureuse pour habiter une fois Saint-Ouen avec mon père, vous serez mon souvenir comme je suis le vôtre à présent.

« Camille Jordan m'a écrit une lettre qui l'a fait beaucoup aimer de mon père. Pour moi, c'est décidé depuis longtemps; j'ai le plus tendre attrait pour lui, et je pense avec peine que vous le marierez et qu'il aura des affections nouvelles qui me reculeront de plusieurs degrés,

Je lui écrirai la première fois contre le mariage[1]; j'ai un beau morceau sur ce sujet, qui vous convaincrait vous-même si Annette n'était pas là.

« Je crois tout à fait nécessaire pour vous de suspendre un peu le travail de l'esprit. Celui que vous faites agit beaucoup plus sur les nerfs que tout autre; c'est un des plus grands efforts de l'esprit humain, que d'être parvenu à se replier sur soi-même et à se regarder penser. Mais comme dans ce travail on est toujours sur les bornes que la Providence a marquées aux facultés de l'homme, un essai de plus pourrait briser la tête, et certainement on risque plus par ce genre d'études que par tout autre travail. Les mathématiques, qui ont quelque rapport avec la métaphysique, ont rendu Pascal presque fou; vous ne serez pas fou, mais malade, et cela me fera beaucoup plus de peine; car fou, je m'en tirerais...

« Soignez-moi un peu pendant que Benjamin Constant sera ici; vous ne sauriez croire tout ce qu'on se persuade de Paris lorsqu'on en est loin. Un mois de séjour en province rend badaud, et je vous déclare que j'en tiens déjà un peu. Mon esprit baisse, mais je vaux encore quelque chose par mes affections, et vous savez si, dans votre retraite, vous n'avez pas une grande part dans ma puissance d'aimer. »

Mon père, dans une lettre adressée le 6 juillet à ma-

1. Madame de Staël reproduit ce sentiment avec beaucoup de finesse dans une lettre adressée à Camille Jordan, le 1er mai 1806, et qui fait partie de celles que vient de publier M. Sainte-Beuve : « Je n'aime pas trop, j'en conviens, que mes amis se marient; mais quand ils le sont, ce ne serait plus de l'amitié que de ne pas partager leurs sentiments, et si je vois madame Camille, je serai aussi coquette pour elle que je l'ai été pour vous; n'est-ce pas bien? »

dame de Staël, l'entretient du but moral qu'il avait assigné à ses travaux et de celui auquel il désirait la voir s'attacher : « Le prix que je mets à nos rapports s'accroît chaque jour, d'un côté par le commerce et l'étude des hommes et les comparaisons qu'ils me donnent lieu d'établir, de l'autre par le développement de mes propres idées et les conséquences auxquelles il me conduit. Ces conséquences, ce sont de douces espérances d'une amélioration dans les destinées humaines, et surtout un besoin actif et puissant d'y contribuer. Ce besoin me presse, me tourmente à chaque heure, et ce serait pour moi le suprême bonheur que de lui immoler ma vie. Je souffre de me voir si peu de moyens pour réaliser ce but, je me plains à moi-même de mon peu de talents et de ma mauvaise santé qui m'empêchent souvent de mettre en valeur ceux que je possède peut-être. Toutes ces idées philanthropiques qui, à vingt ans déjà, exaltaient mon âme et me faisaient passer des nuits entières dans les plus doux ansports, ces idées aujourd'hui plus fixes, plus approdies, remplissent sans cesse ma pensée...

Ne faut-il pas que toutes les âmes qui se sentent un peu d'élévation luttent avec énergie contre cet esprit de calcul et de personnalité qui devient si général, contre ce scepticisme qui s'étend aujourd'hui sur tous les éléments de la morale, contre cette lâcheté, cette bassesse qui menacent de flétrir le caractère national? Je voudrais vous adresser cette belle harangue de Socrate à la prétendue Anaximandre (dans *Aristippe*), vous dire que « vous semblez être destinée à devenir la prêtresse de la « morale sur la terre, à montrer aux hommes la route « sublime du bon et du beau. » Ces exhortations, je vous

5

les adresserais avec plus de confiance aujourd'hui qu'é-
loignée des hommes, vous êtes moins saisie de ce dé-
couragement qu'inspire la vue de leur corruption, et
qu'ayant près de vous l'un des meilleurs hommes qui
existent[1], vous contemplez l'image de la vertu dans tout
son éclat, vous croyez aussi davantage à sa possibilité. Il
me semble que cette fin sublime peut seule satisfaire l'im-
mense activité qui est en vous, et je me persuade que
votre généreux dévouement à la félicité des hommes ré-
soudrait pour vous ce problème du bonheur qui vous
paraissait insoluble. Qu'il serait beau d'éveiller, d'entretenir à la fois dans tous les cœurs l'amour de la vertu et
l'amour de la liberté, d'associer l'espérance des progrès
de l'espèce humaine à celle de l'immortalité, et de ramener ainsi les hommes tout ensemble à la religion et aux
sentiments de la nature !

« Si je puis, cet été, vous visiter à Coppet, passer avec
vous quelques heures au bord de votre beau lac, il me
semble que je réussirais à vous convaincre, que vous me
promettriez d'écarter les tristes souvenirs qui vous dé-
couragent, et de donner à votre vie un nouveau but, un
but digne de vous. J'ai tort de dire un nouveau but, car
c'est vers ce noble terme que sont dirigés vos ouvrages,
et leur succès est fondé, en grande partie, sur les émo-
tions généreuses qu'ils font passer dans tous les cœurs... »

Madame de Staël, n'ayant pas encore reçu cette lettre
de mon père, lui écrivait le 19 juillet 1802 : « Je n'ai pas
reçu votre lettre à Navelles, mon cher Gérando, et cela
m'inquiète assez ; rappelez-vous un peu exactement ce que

1. Matthieu de Montmorency se trouvait alors au château de Coppet.

vous en avez fait. Depuis le manuscrit que j'ai reçu, je n'ai pas eu un mot de vous qu'hier par mon père... Je n'ai pas eu, vous le croyez bien, le moindre doute que vous aviez eu deux motifs essentiels pour ne pas aller à mon assemblée de famille. Votre caractère donne une sécurité si parfaite que jamais, même à moi qui suis très-ombrageuse en amitié, il n'inspire un sentiment d'inquiétude. Adieu, mais pour peu de temps, car je suis plus que jamais occupée de vous et de votre ami. — Mille amitiés à Annette; j'espère que vos inquiétudes sur Fanny[1] ne signifient rien que votre affection pour elle. »

Le 30 août, Madame de Staël à qui était enfin parvenue la lettre de mon père du 6 juillet[2], et qui lui avait déjà répondu[2], continuait ainsi sa correspondance à ce sujet : « J'aurais bien du chagrin, mon cher Gerando, si vous n'aviez pas reçu ma réponse à votre lettre si propre à me toucher, à m'enorgueillir. Je veux encore que ce billet qui, passant par les mains de Matthieu, sera sûrement plus heureux que tout autre, vous dise combien votre lettre m'a fait de bien. Je m'occupe beaucoup du changement qui s'est opéré autour de vous; je voudrais vous voir près de votre ami, mais il me semble que les affaires qui n'exigent aucun sacrifice de la sincérité vous conviennent avant tout.

« Enfin, je parle au hasard, mais ce qui n'est pas douteux, c'est mon tendre intérêt pour vous. Nous parlons souvent de madame de Gerando, la belle amie et moi, et nous nous accordons bien dans notre estime exaltée

---

1. Ma sœur, qui n'avait alors que quelques mois.
2. Je n'ai pas retrouvé cette lettre dans les papiers de mon père.

pour elle. Ne me sera-t-il donc jamais accordé de revoir tout ce que j'aime?

Dans une lettre du 8 brumaire an XI (31 octobre 1802), madame. de Staël s'élève, en appréciant le système de Kant, aux plus hautes conceptions philosophiques, et on va voir avec quelle chaleureuse logique elle défend la cause du spiritualisme :

« Vous voudriez, mon cher Gerando, qu'il en fût de la métaphysique comme de la géométrie, que l'on ne fût jugé que par ses pairs; mais dans l'étude de soi-même tout le monde peut avoir son opinion, et, dussiez-vous vous fâcher, je vais vous développer la mienne. Il ne s'agit pas de vous répéter ce que je crois, c'est que de Villers[1] est un homme de beaucoup d'esprit et que tout ce qui est de lui intéresse par le mouvement et la perspicacité; mais il s'agit d'aborder la grande question du kantisme lui-même. Je n'en aime point les formes, les catégories, le néologisme, etc.; mais il y a une idée première qui me frappe et qui est complétement d'accord avec mes impressions intérieures : il y a quelque chose de plus dans notre être moral que les idées qui nous viennent par les sens. On enfermerait deux enfants, à leur naissance, jusqu'à l'âge de dix ans (comme le firent les Égyptiens, croyant découvrir ainsi la langue primitive), que le nombre de leurs idées serait très-différent ainsi que leur manière de sentir. La faculté intérieure qui modifie les idées que nous recevons du dehors n'a point de rapport avec les idées innées, et n'en a pas non plus avec

1. Auteur de l'*Exposé de la philosophie de Kant*, publié à Metz en 1801.

toutes les explications données sur la mémoire comme souvenir de sensations, sur le jugement comme comparaison de sensations. Cette faculté, si nous sommes immortels, est ce qui doit nous survivre. On ne conçoit pas l'identité de son être sans la mémoire, et la mémoire semble absolument dans la dépendance des organes physiques. Le système de Kant m'offre une lueur de plus sur l'immortalité, et j'aime mieux cette lueur que toutes les clartés matérielles.

« La conscience ne nous vient point uniquement d'aucune idée qui ait passé par les sens. Quand tous les hommes l'ont appelée une voix intérieure, un autre soi-même, c'est qu'ils sentaient bien que ses impressions n'étaient pas de la nature des autres impressions. Je trouve beau tout ce que de Villers dit à cet égard, et quand il compare la métaphysique fondée uniquement sur les sensations à la morale ayant pour base l'intérêt, je trouve que ce rapport, qui semble éloigné au premier coup d'œil, se rapproche lorsqu'on le remplit de toutes les idées qu'il suppose. Enfin, je trouve ce système grand, pieux, plus respectueux pour l'homme et la Divinité.

« Ce que j'aime de la philosophie, c'est qu'elle examine tout par la raison; mais je ne m'astreins pas à tel ou tel système comme le seul qui mérite le nom de philosophie. Les antiphilosophes, ce sont ceux qui nous disent que nous avons une raison pour ne nous en pas servir, des facultés pour n'en pas user, et qui veulent faire pénétrer le despotisme jusque dans notre asile, la pensée. Mais je tiens pour intolérants ceux qui douteraient de ma philosophie parce que j'aurais aimé, dans ce que de Villers nous a donné de la philosophie de Kant, ce qui est plus favorable aux nobles espérances d'une vie future.

« Voilà ce que je voulais vous dire sur ce sujet. Montrez ma lettre à Matthieu, et promettons-nous bien de nous disputer, ce qui fait toujours plaisir. — J'ai oublié de vous féliciter du prix que vous a décerné l'Académie de Berlin, j'ai cru qu'il suffisait de m'en être réjouie comme d'un succès à moi. Je viens de lire avec un sensible intérêt votre *Vie de Caffarelli du Falga;* votre caractère et votre esprit s'y retrouvent. C'est une lecture très-douce pour vos amis et propre à vous faire honneur partout. Dites à Fauriel, de ma part, que c'est moi qui me plains de lui par vous qui êtes toujours ce qu'il y a de meilleur au monde. »

L'ouvrage couronné par l'Académie de Berlin, dont il est question dans cette lettre, d'abord intitulé *De la génération des connaissances humaines,* est celui qui, par l'extension que lui a donnée mon père, est devenu l'*Histoire comparée des systèmes de philosophie.* Madame de Staël en parlait ainsi dans une lettre écrite de Coppet, le 23 octobre 1802, à Camille Jordan : « Je lis l'ouvrage de Gérando, qui me frappe de vérité et de clarté. Je lui écrirai, quand je serai plus avancée. Villers m'écrit deux lettres où l'amour de Kant et de moi se manifestent, mais Kant est préféré[1]. »

Mon père et ma mère ayant eu la douleur, peu de temps après, de perdre leur fille, madame de Staël adressa à mon père, le 15 janvier 1803, une lettre où la plus touchante sympathie revêt l'expression des senti-

1. V. l'article de M. Sainte-Beuve dans la *Revue des Deux-Mondes* du 1er mars 1868.

ments les plus élevés : « Mon cher Gerando, je pleure avec vous, avec votre excellente femme. Je sens combien vous êtes à plaindre; je me rappelle avec déchirement combien vous saviez jouir du bonheur que vous avez perdu, mais je vous conjure de prendre garde à votre santé. Vous êtes jeune, vous avez des enfants, et ceux-là vivront. Il semble qu'il y a plus de risque pour le premier enfant que pour tout autre; j'ai perdu celui que j'avais eu avant Auguste, et depuis ce malheur mes enfants se sont très-bien portés. Je sais combien dans un malheur présent toutes ces chances de l'avenir sont peu comptées, mais enfin soutenez vos forces, soutenez celles d'Annette. Votre enfant n'était pas encore entré en communication de vos pensées et de vos sentiments; un autre enfant peut encore remplacer celui-là, tandis que rien ne pourrait faire oublier celui qui vous aurait parlé, aimé, et que vous auriez aimé d'un sentiment de choix qui vient encore s'unir à l'instinct de la nature. Mon Dieu, que puis-je vous dire? On me fait un récit si cruel de votre douleur, de celle d'Annette. Je m'adresse à vous deux, je vous conjure de penser à vos amis. Ne pourrons-nous pas nous réunir, cet été, dans quelque campagne près de Paris? Mais la campagne aura bien moins d'intérêt pour vous. Ne vous détachez pas cependant de tout ce qui vous reste, et que ces idées religieuses épurées que j'ai si souvent admirées en vous viennent à votre secours.

« Je plains Camille de votre chagrin, et, après lui, j'ose vous dire à tous les deux que personne n'en a éprouvé une peine plus amère que moi. »

Cependant madame de Staël, lorsqu'elle avait écrit la

lettre datée du 8 brumaire an XI et qui donne une si juste idée de sa forte et vaste intelligence, ne se doutait pas qu'elle allait bientôt tomber, des sereines régions de la philosophie, dans les bas-fonds d'une vie abreuvée d'amertumes. Quelques mois après éclatait l'antagonisme qui avait déjà sourdement percé entre deux génies faits, sinon pour sympathiser, du moins pour se respecter mutuellement dans des sphères d'action toutes différentes.

L'opposition libérale de madame de Staël[1] avait imprudemment grandi avec le pouvoir du premier consul, et celui-ci n'admettait pas une influence politique de la part d'une femme. Secrètement avertie qu'elle devait s'abstenir de séjourner à Paris, madame de Staël s'était

1. Un écrivain de l'esprit le plus fin et du goût le plus délicat, qui a toujours professé des opinions libérales et qui est aujourd'hui président de chambre honoraire à la Cour impériale de Paris, M. Berville, m'a écrit au sujet de cette opposition politique de madame de Staël :

« Je trouve parfaitement naturel et légitime que madame Récamier n'ait pas voulu être dame d'honneur. Nul n'est forcé d'accepter une faveur, surtout quand cette faveur est un esclavage, et le ressentiment du pouvoir à cette occasion était aussi injuste que ridicule. Je n'en dis pas tout à fait autant de l'attitude prise par madame de Staël. Était-ce après huit années de convulsions et d'anarchie qu'il pouvait être temps de faire de l'opposition systématique à un pouvoir régulier et spécialement à un pouvoir aussi réparateur que le Consulat ? Sans doute cette opposition de salon n'était que de la taquinerie et ne valait pas un exil. Le gouvernement fut intolérant, mais l'écrivain ne manqua-t-il pas tout à fait de jugement ? Que lui fallait-il donc ? Cela me rappelle le mot de d'Aubigné à madame de Maintenon : « Vous avez donc parole d'épouser Dieu le père. »

Je tiens aussi de M. Berville que le spirituel Andrieux, son beau-père, raconta un jour en sa présence une piquante repartie de Bonaparte, lorsqu'il n'était encore que général, à madame de Staël. Dans une soirée où elle s'était trouvée rapprochée de lui, elle lui aurait dit : « Général, on prétend que vous n'aimez pas les femmes. » — « Madame, j'aime la mienne, » répliqua le général Bonaparte.

établie, pendant l'automne de 1803, à dix lieues de distance, à Maffliers, chez un ami, et elle espérait pouvoir
faire de là, sans donner d'ombrage à la police, quelques
courses dans la capitale. Mais on s'inquiéta et s'irrita des
apparitions qu'elle y faisait, et un ordre d'exil lui fut si-
gnifié.

Elle a avoué, dans un de ses ouvrages, que la société
de Paris était presque un élément essentiel de son existence; l'en priver, c'était lui ravir un des besoins de son
âme et de son intelligence, et on se sent ému de sa douleur en lisant les laconiques billets qu'elle adressait alors,
de Maffliers, à mon père.

« Vous me mettez dans un état affreux; je vous sup-
plie à genoux de venir *tout de suite;* j'ai à vous prier de
dire un mot à Talleyrand. Enfin, l'état où je suis doit vous
toucher.

« Comment vous servez-vous du mot *consolé?* Tout
est-il perdu? Ah! vous ne savez sûrement pas ce que je
souffre! »

— « Au nom de Matthieu, qui souffrirait de ce que vous
me faites souffrir, venez; il n'y a plus qu'un jour; ce
jour perdu, tout est dit. Quelle affaire pouvez-vous avoir
qui vaille un quart d'heure, un pauvre quart d'heure
donné à une personne que vous aimez et qui est dans
un état horrible? Je n'ai que vous ici, venez; pour la
dernière fois, je vous en conjure. Que je puisse écrire à
Matthieu que je vous ai vu! »

— « Ma conversation avec votre ami m'a donné la
fièvre cette nuit, et je suis seule ici, sans amis pour
soutenir mon âme qui me manque. Je vous demande en
grâce de venir me voir un quart d'heure ce matin; vous

n'avez rien à faire qui soulage davantage une créature souffrante. Je ne puis vous dire le mal que cela m'a fait de ne pas vous avoir vu hier au soir, et j'ai besoin de vous parler avant que vous voyiez M. de Champagny. »

L'amitié de mon père n'avait pas fait défaut à madame de Staël, comme en témoigne cet autre billet : « Je ne vous exprimerai jamais assez combien j'ai été touché de votre parfait intérêt pour moi. Je me dis que ma peine m'a servi à vous mieux connaître, et je n'ose plus alors me désoler. » Mais que pouvait l'amitié la plus dévouée dans une conjoncture où deux frères du premier Consul, Lucien et Joseph, firent eux-mêmes d'inutiles efforts pour obtenir la révocation de la mesure rigoureuse dont venait d'être frappée madame de Staël[1]? Forcée de s'éloigner de Paris, elle partit, avec ses deux enfants, pour l'Allemagne où on lui promettait un triomphal accueil.

Ici se place un épisode peu connu de la vie de madame de Staël, un séjour qu'elle a fait à Metz, au mois d'octobre 1803, lorsqu'elle prit la route de l'Allemagne.

Elle était surtout attirée à Metz par le désir et la certitude d'y retrouver Charles de Villers, l'auteur de l'*Exposé de la philosophie de Kant*, et qui a depuis composé l'introduction de l'ouvrage de madame de Staël sur l'Allemagne[2]. Elle s'était éprise de ce bel et vif esprit, et

1. L'original d'une lettre qu'elle adressa de Maffliers, au premier Consul, est entre les mains de madame Ch. Lenormant qui l'a publiée dans l'ouvrage intitulé *Coppet et Weimar*, p. 28.

2. Charles de Villers était né à Boulay (Moselle) le 4 novembre 1765. Une de ses sœurs avait épousé M. Stourm, ancien procureur général près la cour de Trèves sous le premier Empire, et ensuite président de chambre à la cour de Metz, père de l'honorable sénateur de ce nom, décédé à Paris en 1865.

M. le docteur Émile Bégin, mon confrère à l'Académie impériale

avait l'espoir de resserrer avec lui les liens d'une sympathie encore toute littéraire.

Elle vint de Paris, accompagnée de Benjamin Constant,
et descendit chez M. le comte Colchen, préfet de la Moselle, dont l'accueil hospitalier s'accordait avec les préoc-
cupations de la police consulaire. Des soirées et des fêtes
eurent lieu en l'honneur de madame de Staël, et l'élite
de la société messine se complut à lui décerner, au moment où elle quittait la France avec tant de regret, les
hommages dus à son génie et à son malheur.

Charles de Villers s'était rendu à Metz avec madame
de Rodde qui appartenait à une famille sénatoriale de
Lubeck, et qui avait conçu pour le jeune interprète de la
philosophie kantienne une affection payée de retour. Ils
avaient été reçus par M. et madame Stourm, chez lesquels
madame de Staël se fit présenter. Elle eut, à la préfecture,
un intime entretien avec de Villers, et ils se revirent, le
lendemain, dans la cathédrale. Il fit comprendre à madame de Staël qu'il était invinciblement lié par la reconnaissance envers madame de Rodde et sa famille, mais
l'assura qu'il serait pour elle l'ami le plus dévoué.

Dès son arrivée à Metz, madame de Staël avait d'abord
écrit à mon père qui, probablement, communiqua sa

---

de Metz, avait puisé dans des entretiens avec divers membres de la
famille Stourm et avec M. le comte de Bony qui était de Boulay et
avait particulièrement connu de Villers, les renseignements qu'il a publiés dans un ouvrage intitulé *Biographie de la Moselle* (t. 4, p. 423),
puis dans la *Revue d'Austrasie* (4e volume), sur la rencontre de
Ch. de Villers et de madame de Staël à Metz. Mon honorable confrère a bien voulu compléter ces renseignements dans une lettre
qu'il m'a adressée de Paris, et c'est à lui que j'emprunte le récit anec-
dotique que j'intercale dans les souvenirs épistolaires de l'auteur
de *Corinne*.

lettre à Camille Jordan, car elle a été trouvée dans les papiers de famille du meilleur ami de mon père, et vient d'être publiée par M. Sainte-Beuve dans son article sur Camille Jordan et madame de Staël [1]. Voici cette lettre datée du 26 octobre 1803 :

« Me voilà ici, mon cher de Gerando, où j'attends mes lettres de Strasbourg avant de continuer ma route... Envoyez-moi donc à Metz vos lettres pour l'Allemagne, mais écrivez-moi courrier par courrier, car je ne veux pas rester ici plus de six jours. Ce qui m'y plaît, c'est Villers à qui je trouve vraiment beaucoup d'esprit, et je vous recommande de tirer parti de cet esprit cet hiver : il a toutes les idées du nord de l'Allemagne dans la tête. Je vous ai écrit un mot en partant de Bondy. Sans Benjamin, j'aurais succombé à l'excès de peine que j'avais là. Je n'ai pas retrouvé le sommeil, et mon cœur est bien rempli de pensées et de douleurs. — Adieu, mon excellent ami. Parlez de moi à Annette. J'écrirai à Camille par le premier courrier.

« Mon adresse à Francfort sera chez ce pauvre Maurice Bethmann dont nous riions, Camille et moi, dans mes jours heureux. »

J'emprunte aussi à l'article de M. Sainte-Beuve un extrait d'une lettre adressée de Metz, le 28 octobre, par madame de Staël à Matthieu de Montmorency, et où elle parle de Charles de Villers et de madame de Rodde :

« J'ai reçu deux lettres de vous, cher Matthieu, que je n'ai pu lire sans beaucoup de larmes. Je suis bien faible, et les nuits que je passe avec un sommeil sans cesse in-

---

1. *Revue des Deux-Mondes*, livraison du 1er mars 1868.

terrompu achèvent de m'ôter la force. J'étais loin de croire que je souffrirais ce que je souffre; je me serais conduite autrement, si je l'avais prévu... Quel mal le 1ᵉʳ C (*premier consul*) m'a fait! Je crois encore pour l'honneur du cœur humain que, s'il en avait eu l'idée tout entière, il aurait reculé devant elle... J'ai été hier voir la cathédrale de Metz et la synagogue des juifs. Les tombeaux dans la cathédrale, les cris aigus dans la synagogue, tout agissait sur moi, et j'avais une terreur de la vie qui ne peut se peindre. Il me semblait que la mort menaçait mon père, mes enfants, mes amis, et ce sont des sensations de ce genre qui doivent préparer le désordre des facultés morales. Pourquoi vous peindre, cher Matthieu, un si misérable état? Mais mon âme va se réfugier dans la vôtre, et j'ai pour vous de ce sentiment que vous inspirent les personnes en qui vous vous confiez et que vous croyez meilleures que vous... J'ai trouvé ici Villers de Kant, qui est vraiment un homme d'esprit et intéressant par son enthousiasme pour ce qu'il croit bon et vrai. Il a avec lui une grosse Allemande, madame de Rodde, dont je n'ai pas encore percé les charmes. Le préfet a été parfait pour moi, mais je n'en cause pas moins une peur terrible dans la ville. On y a tout exagéré, si exagérer est possible, et un pauvre président du tribunal criminel, beau-frère de Villers, ne croit pas pouvoir me voir sans courir le risque d'être destitué. A Paris on connaît mieux le vrai, mais ici l'on est comme une pestiférée dans la disgrâce. Raison de plus pour n'y pas rester... Je change d'avis quatre fois par jour; cependant je crois que je vais à Francfort. Adieu, cher Matthieu, ne vous lassez pas d'aimer votre pauvre amie. »

Le 7 novembre, lendemain de la dernière entrevue de Charles de Villers et de madame de Staël, celle-ci quitta Metz, toujours accompagnée de Benjamin Constant qui la conduisit jusqu'aux bords du Rhin. Quelques jours après, elle écrivit à Charles de Villers : « Ici les voix, les accents, les tournures m'annoncent déjà que la France disparaît. Vous disparaissez avec elle, vous qui faites le traité entre nos grâces et les qualités étrangères, aimable mélange dont je ne trouverai point le modèle au delà du Rhin. »

Madame de Staël se rendit d'abord à Weimar où le grand-duc régnant et la grande-duchésse Louise la comblèrent des plus affectueux témoignages d'intérêt, et où elle se lia avec Gœthe, Schiller et Wieland. C'est de cette ville qu'elle écrivit à mon père, le 26 février 1804, une lettre où elle l'entretient de Gœthe et de l'ouvrage qu'elle se proposait de consacrer à la littérature allemande. En voici un extrait qui témoigne aussi de ses sentiments pour Charles de Villers :

« Il faudra, quand nous nous reverrons, mon cher Gerando, que vous m'aidiez dans une partie de l'ouvrage que je compte faire sur l'Allemagne. J'ai étudié et j'étudie encore les nouveaux systèmes de philosophie et d'esthétique de Kant, Schelling, Schlegel, etc., et j'en veux donner une analyse; mais il faut auparavant que je lise ce que vous avez écrit sur cela. Ce n'est pas de la métaphysique que je prétends faire; mais pour donner une idée du caractère des Allemands et de l'esprit qui distingue leur littérature, il faut donner une idée simple et populaire de leurs systèmes philosophiques. A propos de cela, que faites-vous de Villers? Il y a deux mois que je n'en ai pas eu de nouvelles. Il est un peu comme les Allemands, dont l'enthousiasme est trop exalté pour durer. Je n'éprouve pas cependant, moi, la moindre diminution dans les soins inconcevables de ces bons Allemands, et j'ai déjà de Berlin des lettres pleines d'empressement pour ce que je désire. J'ai beaucoup vu Schiller et Gœthe ici; Gœthe est en conversation un homme extraordinairement remarquable. On me dit que Camille Jordan lui-même ne l'a pas vu dans sa belle humeur; en ce cas il ne peut le connaître. Ce Camille est pourtant un insigne paresseux; pas un mot de lui depuis deux mois. Il a une paresse à la Narbonne, et cependant je veux croire qu'il n'a de la légèreté que la grâce. Nous qui sommes solides, mon cher Gerando, nous sommes exacts.

« Je pars dans quatre jours pour Berlin, mais écrivez-moi toujours ici; adieu. A force de réflexion je supporte la vie malgré l'exil, mais j'ai toujours le cœur serré. Je ne sais où est un proverbe dont la simplicité me touche : *Dieu mesure le vent à la brebis tondue;* j'espère que ce qui est trop dur à supporter n'arrive pas.

« Mille tendres amitiés à Annette, à Juliette qui m'aime encore, j'espère, et dont je parle partout avec amour; je dis partout, car elle est très-célèbre. Quant à Annette, elle a concentré son bonheur en vous et son fils; ni la calomnie ni la louange publique ne l'atteignent. Adieu encore, réservez-moi quinze jours cet été; j'irai les chercher quelque part. »

La correspondance de madame de Staël avec mon père nous conduit ensuite à l'époque où, autorisée à résider en France, mais à quarante lieues au moins de Paris, elle s'était établie à Auxerre avec madame Récamier. C'est de là qu'elle écrivait, le 8 mai 1806 : « J'envoie mon fils cadet passer quelques jours avec son frère à Paris; il faut que je me prive ainsi de tous les genres de bonheur et, quand Matthieu sera parti, je ne sais pas comment je pourrai tenir à ce séjour; la vie commence à me devenir tout à fait insupportable. — Je ne sais pas ce que l'Empereur a dit sur ma demande de liquidation et d'un sauf-conduit pour aller la terminer; je sais seulement que le préfet d'ici est autorisé à m'y garder. Je conçois qu'une prison comme celle-ci ne fasse pas d'ombrage; il n'y a pas un chat à voir, pas une ressource pour un maître : c'est une véritable Scythie. M. de Champagny fait-il ou peut-il faire quelque chose pour moi? — Adieu, soyez heureux, faites du bien, et plaignez un peu ceux qui souffrent. »

Madame de Staël avait prié mon père[1] d'aller voir M. de Talleyrand pour savoir s'il serait disposé à remettre une lettre d'elle à l'Empereur. Le 30 juin, elle rappelait cette demande à mon père : « Avez-vous eu la bonté de voir M. de Talleyrand et de pressentir si ses dispositions sont les mêmes qu'il vous a exprimées à Milan? C'est pour la fête du 15 août que je voudrais que mes amis réunissent un dernier effort relativement à moi; après ce jour ils n'en entendront plus parler. — Adieu, mon cher Gerando; Dieu vous épargne la douleur d'être à la veille de l'expatriation ! »

M. Sainte-Beuve a publié une lettre écrite, à cette époque, par madame de Staël à Camille Jordan, où elle lui proposait de faire avec elle un voyage en Italie.

1. Lettre du 19 juin 1806.

M. Matthieu de Montmorency, à qui elle confia ce désir pour qu'il fût mieux accueilli par Camille Jordan, commit une méprise, peut-être intentionnelle, et qui fut l'occasion de deux lettres adressées à mon père par madame de Staël, l'une le 18 juillet, l'autre le 13 août 1804. Voici la première :

« Dans une tournure obscure d'une de mes lettres, mon cher Gerando, Matthieu a cru voir que je voulais vous proposer de venir avec moi en Italie : c'était une idée si absurde que j'espère que vous ne m'en croirez pas capable. Je n'aurais pas eu l'indiscrétion de vous faire une telle demande. C'était Camille que je voulais désigner, mais les deux amis sont aisés à confondre de toutes les manières. Camille libre et sans ambition, à ce que je crois, ne pouvait-il pas être séduit par l'idée d'un tel voyage ?... Il acquérait de grandes et nouvelles idées, et il faisait un acte de charité envers une malheureuse personne. Que pensez-vous de cette idée, et voudriez-vous lui en écrire ? Je ne sais si je puis me flatter de le voir arriver ici avec Matthieu. Cet ami incomparable arrive après-demain, et je ne puis vous exprimer le trouble que j'éprouve, ce sentiment de joie si étranger à mon cœur déchiré, cette douleur qui se ranime précisément parce qu'il va me faire du bien, parce que je repousse et j'appelle ce céleste secours. Ah ! comme le cœur bouleverse la vie ! Adieu, excellent ami ; j'ai fait venir votre ouvrage et, dès que je pourrai lire de suite, j'étudierai surtout ce que je sais le mieux, quand je sais quelque chose, la philosophie allemande. — Adieu, ne m'oubliez pas ; Annette et bientôt Gustave recevront mes tendres paroles. »

Voici la seconde lettre : « Cher Gerando, je n'ai rien à vous dire que Matthieu ne dise mieux que moi, mais mes sentiments pour vous, j'aime à les répéter. Vous avez écrit, en plaisantant, à Matthieu, que je ne voulais pas de vous en Italie; je ne voulais pas que vous me soupçonnassiez d'une inconcevable indiscrétion.

« Vous me rendriez un service plus grand que je ne puis le dire, si vous engagiez Camille à venir avec moi en Italie. Partir ainsi sans ami, cela serre le cœur.

« J'embrasse Annette et même Gustave, cela se peut encore. Ne pourriez-vous pas m'écrire quelquefois, en l'absence de Matthieu, sous l'adresse de MM. Heütsch, banquiers à Genève? N'avez-vous pas pitié de moi, me séparant de mon premier ami maintenant, ne pouvant le suivre enchaînée ici où tout est déchirant pour moi, chaque place, chaque souvenir? Je viens encore de perdre mon oncle, le frère de mon père. — La présence de Matthieu avait comme tout suspendu, mais son départ renouvelle tout. Ayez bien soin de Matthieu cet hiver; qui pourrait vivre sans lui? Je vous embrasse encore; donnez-moi des nouvelles de votre santé. »

Le 9 août, dans une autre lettre datée toujours d'Auxerre, madame de Staël s'efforçait, en promettant de ne pas faire parler d'elle, de rassurer ceux qui pouvaient autoriser, mais appréhendaient son retour à Paris. « Je n'ai pas douté, disait-elle à mon père, de la vérité de votre intérêt, mais j'ai craint que vous ne fussiez absorbé par vos occupations. Je vous remercie d'avoir vu M. de Talleyrand et de continuer à le voir; il me semble qu'il lui siérait de me faire rappeler. Si la paix avec l'Angleterre se fait, il me sera bien facile d'aller à Londres, et certainement on est bien plus sûr que je serai *marmotte* à Paris qu'à Londres : je vous laisse développer cette idée.

... « Vous savez que j'aime beaucoup Prosper de Barante[1]; il a un esprit rare, vous pouvez m'en croire. Son père[2] est très-malheureux à Genève où il n'est lié avec personne, bien qu'on l'estime beaucoup; il souhaiterait la préfecture d'Orléans où il a beaucoup de relations, et l'on serait charmé d'avoir à Genève M. Pierre qui est protestant. Si vous pouviez faire cet échange[3] vous rendriez M. de Barante bien heureux et son fils aussi, qui fera bien et très-bien son chemin dans le monde.

« Quand vous reverrai-je, quand causerons-nous comme à Milan? Vous me trouverez entièrement désintéressée de toute politique, mais tous mes autres sentiments ont hérité de celui-là. Adieu, j'embrasse Annette et votre fils; priez pour moi, car je souffre cruellement. »

Quelques jours après, n'ayant pu obtenir la révocation de la mesure qui lui interdisait le séjour de Paris, la fille de M. Necker revint à Coppet et, le 13 octobre, elle adressa à mon père une lettre qui offre un intérêt particulier par les appréciations qu'elle renferme sur M. de Barante, préfet à Genève, et sur son fils, le futur et illustre historien des ducs de Bourgogne.

« Le hasard vous donne l'occasion, mon cher Gerando, de me faire le plus sensible plaisir. Il faut que vous sachiez que le préfet du Léman, M. de Barante, est le plus

1. L'auteur de l'*Histoire des ducs de Bourgogne*.
2. Alors préfet du Léman.
3. Mon père était alors secrétaire général du ministère de l'intérieur.

respectable des hommes et qu'il m'a fait tout le bien que ma situation pouvait permettre. Son secrétaire général, M. Garnier, désire d'être nommé à la sous-préfecture de Joigny, et M. de Barante souhaiterait vivement que son fils Prosper fut nommé son secrétaire général. Or, ce fils Prosper, qui a à peu près vingt-cinq ans, est sûrement l'homme de son âge qui a le plus d'esprit et de talent, et si ce n'était pas pour aider son père, la place de secrétaire général à Genève serait certainement bien inférieure à ce qu'il vaut...

« Ce n'est pas tout : Est-il vrai que M. d'Herbouville refuse la préfecture de Lyon, et qu'il serait possible qu'on y nommât M. de Barante! Quel choix vous feriez là! Probité, intelligence, certitude en amitié, en reconnaissance à jamais pour vous. Alors j'accepterais ce Lyon qui m'est offert, car c'est beaucoup pour moi que des autorités constituées qui ne disent que la vérité. — Si l'affaire de secrétaire général est possible, faites-la vite. Il y a si longtemps que je n'ai eu aucune espèce de bonheur, et il me serait si doux de penser que c'est à vous que j'en devrais l'aurore! »

Le 8 novembre 1806, madame de Staël écrivait encore, de Coppet, à mon père : « Je vous prie, mon cher Gerando, de bien recevoir Frédéric Schlegel qui vous remettra ce billet, et de lui rendre tous les services que vous pourrez dans le désir qu'il a de se fixer à Cologne. Vous allez, je l'espère, être bien placé au Ministère de l'intérieur, et vous y ferez tout le bien que l'esprit et l'activité peuvent faire au milieu des circonstances actuelles.

« Frédéric Schlegel est, sous des formes allemandes,

un homme d'un esprit plus que remarquable. Je ne suis pas sûre que vous partagiez toutes ses opinions, mais il vous arrivera sûrement ce qui m'est arrivé, c'est le plaisir d'entendre des idées nouvelles et de profiter d'immenses connaissances. Je dois beaucoup à son frère qui est aussi un homme supérieur, et qui fait faire à mes enfants des progrès étonnants. — Je n'ai point de réponse définitive de Camille, mais le silence est bien définitif. Je crois qu'il a tort : c'était une chose unique pour un homme de son talent, que toutes les circonstances que je lui offrais ; mais je suis frappée de malheur en tout. Il est vrai que je n'ai plus de vivacité pour rien que pour revoir encore Matthieu et quelques amis tels que vous. — Écrivez-moi quelquefois en Italie. »

C'est à ma mère que s'adresse une lettre écrite aussi de Coppet, le 3 novembre 1807, pendant que mon père remplissait une mission à Florence pour l'organisation administrative de la Toscane. Ce n'est qu'une lettre de recommandation pour un poëte étranger, mais l'esprit de madame de Staël y a laissé son empreinte.

« Me permettez-vous de vous recommander M. Werner, l'auteur de *Luther* qui a fait tant d'impression à Berlin, et de plusieurs autres tragédies qui l'appellent à remplacer Schiller dans l'opinion ? Comme vous parlez allemand, je puis vous dire que c'est un des littérateurs les plus distingués que j'aie rencontrés en ma vie. Il ne passe que trois semaines à Paris et retourne à Weimar auprès du grand-duc qui l'aime beaucoup. Montrez-lui, je vous prie, que vous avez de la bienveillance pour mes amis.

« J'ai appris à vous connaître par lettres encore plus que par la présence, et mes regrets d'être loin de vous se sont augmentés depuis que je vous ai quittée. Vous qui connaissez toutes les peines du cœur, pensez à moi quelquefois avec affection et priez Dieu qu'il me rappelle au milieu de tout ce que j'aime.

« Je pense à M. de Gérando avec le plus tendre intérêt, et si j'avais cru que cela fût bon *pour lui*, j'aurais été le voir à Florence; mais j'ai dû m'y refuser. — Permettez-moi de vous offrir mille et mille amitiés. »

L'auteur de *Delphine* terminait alors son roman de *Corinne* qui parut en 1807 et mit le comble à sa réputation. Une femme d'esprit a dit que *Delphine* était la réalité de madame de Staël dans sa jeunesse, et que *Corinne* en était l'idéal. M. Sainte-Beuve, qui a consacré à l'appréciation du talent de madame de Staël une étude pleine de goût et de fine critique[1], caractérise ainsi le succès de *Corinne :* « Il y a un moment décisif pour les génies, où ils s'établissent tellement que désormais les éloges qu'on en peut faire n'intéressent plus que la vanité et l'honneur de ceux qui les font. Ainsi, pour madame de Staël, à dater de *Corinne*, l'Europe entière la couronna sous ce nom. »

Elle parle de cet ouvrage dans deux lettres adressées à mon père en 1807, et dont la première est datée du relais de poste de Charenton où elle passait pour se rendre à Lyon.

« Je suis très-fâchée, disait-elle, de partir sans vous avoir vu; je ne m'attendais pas à cette cruelle fin d'une

---

1. *Causeries du Lundi.*

année de pèlerinage et de pénitence; me sera-t-elle comptée dans un autre temps? Je l'ignore, et mon avenir est bien nébuleux. L'amitié est un bien et un mal, car sans elle je romprais bien aisément et pour toujours avec ce pays-ci

« Je vous demande d'engager votre ministre[1] à bien écrire de *Corinne* à l'Empereur quand il l'aura reçue. Ce que j'appelle bien écrire, ce n'est pas louer le talent, mais bien la modération; il y en a, je crois, à ne pas mettre une ligne de préface dans un tel moment. — J'embrasse Annette, je vous souhaite du bonheur; cela fait tant de mal d'en manquer! »

La modération, peut-être un peu affectée, de l'auteur de *Corinne*, n'était pas de nature à lui rendre l'Empereur plus favorable. Il lui aurait su plus de gré d'une ligne de préface où il y aurait eu un hommage, au moins indirect, au conquérant de l'Italie, que du silence qu'elle gardait en s'abstenant de tout avant-propos. S'il faut en croire une anecdote rapportée par M. Villemain, le glorieux souverain de la France fut tellement blessé du bruit que faisait le roman de *Corinne*, qu'il en composa lui-même une critique qui fut insérée au *Moniteur*. L'exil de madame de Staël fut rigoureusement maintenu.

Elle était de retour à Coppet lorsqu'elle écrivit à mon père, le 16 juillet 1807, une lettre qui respire un profond sentiment religieux uni à toute la délicatesse de l'amitié, et qui suffirait pour donner la mesure de l'élévation de son âme.

« Vous aurez peut-être appris, mon cher Gerando, l'ac-

1. M. de Champagny.

cident qui a menacé madame Récamier; j'en ai été si troublée que j'ai été quelques jours sans répondre à votre lettre qui est cependant un des plaisirs les plus sensibles que *Corinne* m'ait valu. Croyez-moi, j'attache un prix infini à l'opinion d'un esprit et d'une âme telle que la vôtre, et si je me suis pas livrée à toute cette impression, c'est par un ménagement que vous trouverez bien naturel. Je me sens proscrite et, tout en vous aimant, je crains de nuire à votre situation. Je sais bien que vous la compromettriez pour moi, et mon cœur vous rend cette justice, mais je me contente de vous faire dire de temps en temps que je vous aime, et j'espère des jours plus heureux pour vous voir et vivre en société avec Annette et vous. Mais j'ai bien l'idée que je suis née pour souffrir, et je me fais tout un système religieux sur cela. Je me reproche d'avoir été légère pendant ma prospérité, je m'accuse beaucoup parce que je crois à la justice divine, et que j'ai tant pleuré depuis près de quatre ans, qu'il faut que je l'aie mérité[1]. — Vous me reprochez de ne pas vous avoir répondu sur mes dispositions religieuses; il me semble que je vous écrirai quand je serai tout à fait contente de moi; mais ce que je fais au moins, c'est soigner l'éducation de mes enfants dans ce genre avec un tel scrupule, que j'espère laisser après moi de dignes descendants de mon père.

---

1. Le même sentiment se retrouve dans une lettre adressée par madame de Staël, en 1811, à madame Récamier : « J'ai recours sans cesse à la prière, mais parfois il me semble que j'ai fatigué la Divinité et que le ciel est d'airain pour moi. Loin de tourner la vivacité de mes impressions au dehors, c'est contre moi que je les dirige : je me dis que je suis donc bien coupable, car Dieu est juste et ne fait porter à chacun que ce qu'il mérite. » (*Coppet et Weimar*, p. 210.)

« Voilà la paix, je ne sais si elle s'étendra jusqu'à moi ; si elle s'y étend, je vous reverrai ; sinon, je m'expatrierai. De cette alternative il résulte que je ne vois mes amis français que comme une personne attaquée de la poitrine, qui ne saurait pas si elle vivra l'année prochaine. Quoi qu'il m'arrive, souvenez-vous de moi, parlez de moi avec Matthieu, cet être si parfait qui est pour moi toute une patrie, et prions Dieu qu'une fois tout ce qui est bon se retrouve. »

Madame de Staël chercha de nobles consolations dans un nouveau travail et entreprit la composition de son ouvrage sur l'Allemagne. Pendant deux années elle ne quitta point Coppet, « ce Ferney du dix-neuvième siècle, a dit M. Villemain, plus libre et plus moralement inspiré que celui de Voltaire, attirant aussi les étrangers célèbres, les princes voyageurs, s'occupant de philosophie, jouant parfois des pièces de théâtre, et offrant peut-être, à cette époque, le premier salon de l'Europe, par la réunion de quelques esprits rares d'Allemagne, de France et d'Angleterre, autour d'une femme éloquente[1]. »

On représenta *Phèdre*, à cette époque, sur le théâtre de Coppet ; le rôle principal fut joué par madame de Staël, et celui d'*Aricie* par madame Récamier qui ne l'accepta que par déférence pour le désir de son amie. Un Genevois, aussi distingué par son esprit que par son caractère, M. Pictet, dans une lettre adressée à mon père le 29 novembre 1807, lui donnait, sur ces représentations théâtrales de Coppet, quelques détails qui ne sont pas sans intérêt. « Madame Récamier a contribué, avec

1. *Correspondant* du 25 octobre 1859.

beaucoup de grâce et de dévouement, aux amusements de la société brillante du château qu'elle a habité cinq mois. On y a joué la comédie avec beaucoup de succès. Le dernier spectacle a été le plus remarquable ; il a commencé par un drame de la composition de madame de Staël et joué par elle et ses enfants, intitulé : *Geneviève de Brabant*. L'amour conjugal, l'amour maternel, l'innocence naïve de l'enfance, y étaient en scène tour à tour, et je connais telle dame qui a pleuré d'un bout à l'autre. La seconde pièce était de la composition de M. de Sabran et intitulée : *Le grand monde*. C'était une peinture, j'aime à croire un peu chargée, des travers, des ridicules et même des vices de la haute société. Elle est fort bien versifiée et écrite avec beaucoup d'esprit, mais il y a des longueurs et de l'*outré* qui nuisent à l'effet. »

A partir de 1808, la correspondance de madame de Staël avec mon père a été moins fréquente. Elle avait espéré que mon père, lorsqu'il fut nommé membre de la Consulte des États-Romains, viendrait la visiter à Coppet en se rendant à Rome. Cela ne fut pas possible, et madame de Staël qui était, comme elle l'a reconnu elle-même dans un lettre que j'ai citée, *très-ombrageuse en amitié*, en conçut un vif mécontentement dont témoigne une lettre de M. le baron de Voght à mon père, datée de Genève le 14 mars 1810, et dont je donne un extrait parce qu'elle atteste aussi les sentiments que madame de Staël avait inspirés à M. de Voght.

« Vous avez, disait-il, profondément blessé Corinne en n'allant pas la voir. Si j'avais su combien cela lui ferait de la peine, j'aurais fait tout au monde pour vous engager à y aller ; vu le service que vous rendiez, cela n'aurait pas pu vous nuire. Elle projette un grand voyage en Amérique ; il aura lieu dès que l'ouvrage sur l'Allemagne sera imprimé. En vain ses amis se réunissent pour l'en détourner. J'ai tâché d'obtenir qu'elle passât cette année en Italie ; si je pouvais la décider à passer l'hiver à Rome, qu'en diriez-vous ?

« Son ouvrage vous charmera par la richesse des idées, la force de la pensée, la poésie de l'expression, la sagacité des observations, la profondeur des réflexions. Il me paraît plus correctement écrit que ses romans et il n'en aura pas les défauts comme ouvrage.

« Le plaisir de la voir a beaucoup contribué à l'agrément de mon séjour en Suisse. Je suis sous le charme de son esprit et de sa bonté. Je fais les vœux les plus sincères pour son bonheur. »

Quelques mois après, l'ouvrage sur l'Allemagne, si loué d'avance par le baron de Voght, était imprimé à Paris et immédiatement saisi et mis au pilon. Madame de Staël, sous le coup même de l'émotion que lui causa la destruction de l'édition entière de cet ouvrage tiré à dix mille exemplaires, écrivit à Camille Jordan une lettre datée de Coppet le 1er novembre 1810 et qui est une de celles publiées par M. Sainte-Beuve dans la *Revue des Deux-Mondes*. J'en extrais ce curieux passage : « Le duc de Rovigo a dit à mon fils : Quoi ! Nous aurons fait la guerre pendant quinze ans pour qu'une femme aussi célèbre que madame votre mère écrive un livre sur l'Allemagne et ne parle pas de nous ! — A cela j'ai répondu que louer l'Empereur, lorsqu'il me retenait mon bien et m'exilait de ma patrie, me semblait une pétition et non une louange, et que j'aurais cru manquer de respect en me le permettant. »

Cependant l'amitié si dévouée de mon père pour madame de Staël n'avait pu lui faire approuver l'attitude de plus en plus hostile qu'elle avait prise à l'égard de l'Empereur, et elle savait mauvais gré à mon père non-seulement de n'être pas venu la voir à Coppet, mais aussi de lui avoir donné des conseils dont elle n'avait pas tenu compte. C'est sous l'impression de cette vive susceptibilité qu'elle écrivit, de Blois, à mon père, le 14 septembre 1810 : « J'ai trop d'estime pour l'ensemble de votre caractère et de votre vie, pour me permettre de juger ce que je ne comprends pas, et si les circonstances changent, vous me retrouverez ce que j'étais. Il m'est bien impossible de ne pas admirer votre esprit et de ne pas croire à la bonté de votre cœur, mais je m'afflige des circonstances qui ont jeté un voile sur une amitié que je croyais inaltérable. Nous avons deux amis communs qui vous parleront de moi, et cette manière indirecte de tenir à vous préparera peut-être le temps où nous nous retrouverons. »

Ma mère continua de correspondre avec madame de Staël et reçut d'elle, en 1811, une lettre qui se rapporte à un des grands événements de la destinée de madame de Staël.

Elle avait rencontré à Genève un jeune officier de belle figure et d'un noble caractère, M. de Rocca, dont les jours étaient encore en danger par suite de cinq blessures qu'il avait reçues en Espagne où il venait de servir dans un régiment de hussards français. Une admiration enthousiaste le conduisit à un sentiment passionné pour l'auteur de *Corinne* : « Je l'aimerai tellement, disait-il, qu'elle finira par m'épouser. » Madame de Staël se laissa toucher par un amour si vrai, et elle épousa M. de Rocca en 1811. C'est à cet événement que fait allusion le billet suivant, qui témoigne aussi du culte voué par la fille de M. Necker à la mémoire de son père :

« Il y a des personnes, Madame, avec lesquelles la sympathie ne peut jamais être détruite. Un nuage s'élève quelquefois, mais il disparaît, car il y a trop de rayons pour qu'il ne soit pas dissipé. Quant à vous, madame, je n'ai pas même eu le nuage. Je me vante de sentir qu'elle âme vous avez, quel esprit vous éclaire[1], et quand je sortirai de l'agitation où me jette un si grand événement dans ma vie, un événement dans lequel je ne puis savoir si *mon saint* là-haut m'approuve en tout, j'irai vous voir et causer longtemps avec vous, si vous me le permettez. »

Une des dernières lettres que ma mère reçut de madame de Staël est d'un haut intérêt pour l'appréciation de ses sentiments politiques et religieux à l'époque de 1815. Elle est datée du 27 septembre et de Martigny[2].

« C'est au milieu des Alpes et du Valais, *my dear* madame, que je veux vous répondre ; il me semble que la

---

1. Madame de Staël avait dit, à Lyon, dans une réunion où se trouvaient, entre autres, deux personnes qui m'ont répété ses paroles : « Je ne connais en France que deux femmes qui sachent vraiment écrire, ma cousine de Germanie (madame Necker de Saussure) et madame de Gerando. » Je me propose de publier un jour un choix de lettres de ma mère, avec l'espoir qu'elles justifieront ce mot de madame de Staël.

2. Canton du Valais. — Quelques mois auparavant, le 23 avril 1815, madame de Staël avait adressé à M. Craufurd une lettre tout empreinte d'un chaleureux patriotisme et qui a été publiée, en Angleterre, dans le tome X de la *Correspondance de lord Castlereagh*.

solitude met davantage en relation avec vous. Je suis très-frappée de ce qu'on m'a mandé et de ce que vous me confirmez des conversations de l'empereur Alexandre avec madame de Krüdner. J'ai une très-grande admiration pour lui, et si, contre l'ordinaire des souverains, il est moins loué qu'il ne le mérite, c'est parce que les idées libérales qu'il aime du fond du cœur ont peu de partisans dans les salons. Je souhaite, de toute mon âme, tout ce qui peut élever cet homme qui me paraît un miracle de la Providence pour sauver la liberté menacée de toutes parts. Je n'ai pas besoin de vous dire que liberté et religion se tiennent dans ma pensée, religion éclairée, liberté juste : c'est le but, c'est le chemin. Je crois le mysticisme, c'est-à-dire la religion de Fénelon, celle qui a son sanctuaire dans le cœur, qui joint l'amour aux œuvres, je la crois une réformation de la *Réformation*, un développement du christianisme, qui réunit ce qu'il y a de bon dans le catholicisme et le protestantisme, et qui sépare entièrement la religion de l'influence politique des prêtres.

« Quelle belle chose pour l'empereur Alexandre que d'être à la tête de ces deux nobles perfectionnements de l'espèce humaine, la religion intime et le gouvernement représentatif! J'aurais eu grande envie d'aller porter aussi mon tribut de pensées à l'empereur Alexandre, mais j'ai craint la douleur que me causerait la présence des étrangers, j'ai craint la violence de l'esprit de parti sous des rapports tout à fait opposés à mes opinions, et pénétrée, comme je le suis, de respect et d'attachement pour le Roi, j'ai cru que ne rien dire était le mieux.

« En voilà assez d'idées générales. Exprimez bien, je vous prie, à madame de Krüdner, mon désir de la revoir ; elle a vraiment beaucoup de grâce dans l'esprit. Notre ami Matthieu est exagéré, mais il y a un fonds de bonté dans son âme, qui lui fait sentir le vrai lors même qu'il ne se l'avoue pas.

« Je vous reverrai, noble et spirituelle amie, peut-être dans six semaines si mes tristes affaires me rappellent, peut-être dans six mois si je vais à Rome. Il serait bien bon à vous de m'écrire, pour que je ne fusse pas entièrement séparée de tout ce qu'il reste encore d'excellent et de spirituel en France.

« Rappelez-moi au souvenir de M. de Gerando. Faites qu'il y ait encore une France et une France avec des Français, et nous nous en tirerons. Parlez de moi, je vous prie, à Camille Jordan. Il m'a bien négligée depuis un an, mais je crois encore que nous nous entendons sur tout. Il pourra faire un grand bien et jouer un beau rôle dans la *chambre* peu libérale où il va se trouver. Dites-moi s'il est disposé à faire pour la liberté ce qu'il fit contre l'injustice. Me permettez-vous de vous embrasser tendrement et de me recommander à vos nobles pensées qui vont vers le ciel comme des prières ? »

Peu après cette lettre, au mois de février 1816, madame de Staël, qui était retournée en Italie, éprouvait, à Pise, une des plus grandes consolations de sa vie, en assurant le bonheur de sa fille Albertine par son mariage avec M. le duc de Broglie. « Il n'est pas un moment, disait-elle dans une lettre adressée de Pise à madame Récamier, où je ne m'attache plus à M. de Broglie... Je bénis Dieu et mon père qui m'a obtenu de ce Dieu de toute bonté

un ami pour ma fille, aussi digne d'estime et de sentiment[1]. »

C'est à la date du 28 août 1816 que ma mère adressa
de Paris à madame de Staël la lettre qu'a trouvée, au
château de Coppet, et qu'a bien voulu me communiquer
madame la baronne Auguste de Staël. Je la transcris
presque en entier :

« M. de Montmorency nous fait espérer de vous voir
bientôt. Ah! quel bonheur, Madame et noble amie, de
vous entendre et de vous communiquer tant de choses
sur lesquelles nous devons nous comprendre si bien ! Je
ne sais cependant si des paroles sont un soulagement
pour des maux sans remède ; le silence conserve et
concentre mieux les forces et le courage dont on a
besoin.

« Ma santé est tout à fait mauvaise, mais jusqu'à présent aucune de mes facultés n'a succombé à la souffrance ;
bien au contraire, elles redoublent d'énergie et d'activité
pour me faire admirer tout ce qui est beau, me faire aimer tout ce qui est bien. Je relis, je recherche les plus
nobles pensées, les beaux vers, les belles actions, les
traces lumineuses du génie, les chefs-d'œuvre des arts,
qui nous révèlent, en les contemplant, par une ineffable
émotion, le mystère de l'infini. Je ne connais les joies de
l'espérance que depuis que je m'essaye à l'abandon de
toutes les espérances fugitives de ce monde. Je ne me
sens point cependant détachée de ce qui anime et em-
bellit l'existence ; je me plais à boire jusqu'à la dernière goutte de vie ; je ne détourne mes regards que de

1. *Souvenirs et correspondance de madame Récamier*, t. I, p. 209.

la douleur des séparations. Depuis lóngtemps je n'attache plus le nom sacré du malheur qu'à l'œuvre de la mort, aux pertes irréparables auxquelles elle nous condamne, et puis aux amères déceptions de l'amour de la patrie.

« Plus je m'examine avec l'intention sérieuse de n'en appeler qu'à mon cœur et à ma conscience, plus je me sens affermie dans les croyances de toute ma vie ; car, en vérité, la source en était pure et mes motifs grands et généreux. Je ne saurais m'en dédire au moment où je me rapproche du centre de la justice et de la vérité. Je graverai encore dans le cœur de mes fils le besoin énergique du bonheur, de l'indépendance, de la gloire de leur patrie, et de la dignité de l'homme, qui, certes, ne se manifeste pas exclusivement dans les priviléges de certaines classes de la société. Je ne sais pourquoi ma fierté grandit par le sentiment de l'égalité des droits, mais il me semble que celui qui se sent au niveau de tous peut élever le regard bien haut.

« J'anticipe sur le moment où je vous verrai, en laissant aller ma plume au gré de mes pensées les plus intimes.... Il n'y a plus rien de stable et je ne vois plus de base nulle part, si ce n'est la pensée humaine qui avance lentement, nuit et jour, à travers les obstacles, comme la lave des volcans.

« Ceux qui, autour de nous, devraient avoir le moins de sécurité par leur situation et la responsabilité qu'ils ont encourue, sont ceux qui en ont le plus. Ils se croient sûrs de l'avenir au moyen de demi-précautions qui n'ont aucun caractère parce qu'elles émanent de personnes qui n'en ont pas ; ils s'enferment dans une enveloppe de liége pour nager entre deux eaux. D'autres prennent un plus court chemin ; ils ont un but fixe et absolu, et y vont par-dessus toutes les digues : ils ont la force que les passions prêtent toujours aux luttes politiques.

« La raison est un devoir, mais n'assure que rarement le succès ; ce n'est donc pas le succès lui-même que l'on doit se proposer avant tout, mais le bien qui seul a un caractère immuable. Je ne sais si nous sortirons de la confusion du vague et de l'indécis par celle du chaos, ou par le rétablissement d'un vieil édifice relevé sur des étais de vieux bois, à défaut de solides fondations. Je me réfugie dans la croyance que le Roi est doué de la force que donnent la sagesse et les lumières, et qu'il triomphera de tous les genres d'exagération qui s'y opposent. Heureux sommes-nous d'avoir pour régulateur de nos destinées un homme dont la raison n'est jamais obscurcie par les tourbillons de poussière que l'on soulève autour de lui.

« La séance annuelle de l'Académie française a été remarquable, dans les nouvelles annales de la monarchie, non-seulement par le retour des anciennes formes et coutumes, mais aussi parce qu'elle a été exclusivement consacrée au culte de la légitimité, dont M. de Sèze a été le grand prêtre. Dans cette solennité littéraire on l'a proclamée comme un dogme incontestable, seul fondement des institutions sociales, de tous les devoirs et de toute la moralité de l'homme public. M. Ducis et l'orateur (M. de Sèze) ont été représentés, par l'orateur lui-même, comme les deux uniques modèles en ce genre de gloire et de vertu. M. Ducis n'ayant pas même voulu participer aux prix décennaux adjugés par ses pairs, pendant que le tabernacle de la légitimité était voilé comme, au jour du deuil solennel de la chrétienté, on voile celui de la Divinité.

« M. de Fontanes a reparu à cette séance dans toute la supériorité de son talent; il a été couvert d'unanimes applaudissements. L'assemblée était divisée en vrais croyants pleins de zèle et de foi, et, comme il s'en trouve par le monde entier, en incrédules et hérétiques. Le discours de M. de Sèze fondé, ainsi que le sermon de Bourdaloue, sur le dogme de la conviction, ne renfermait que lumières et vérités évidentes pour les uns, inconvenances, orgueil et verbiage pour les autres, c'est-à-dire les sceptiques et faux raisonneurs. On n'a rien contesté à M. de Fontanes; sa modération, sa vive et brillante éloquence ont captivé tout le monde.

« Dites-moi, je vous prie, quand je vous verrai. Agréez les hommages de mon mari aussi impatient que moi de votre retour, et, de même, tendrement dévoué à votre personne. »

Madame de Staël répondit à ma mère, de Coppet, le 24 septembre : « Je serai charmée d'être utile à la personne que vous recommandez. Les maladies de poitrine diffèrent tellement entre elles que personne, excepté le médecin de votre ami, ne peut dire si c'est l'air de la mer à Nice, à Naples ou à Gênes, ou bien l'air humide de Rome ou l'air abrité de Pise, qui lui convient.

« Ce que vous me dites de votre santé m'afflige, mais j'espère que votre âme en triomphera. Vous avez tant de facultés, et les facultés tiennent de quelque manière à la force physique.

« J'espère que Camille sera à Paris cet hiver, et que

votre excellent ami se joignant à nous, nous calmerons un peu l'exagération de Matthieu que nous ne cesserons jamais d'aimer et de vénérer. — J'ai lu les discours de de Sèze et de Fontanes, dont vous me parlez : le premier est sans talent et sans style ; le second est bien écrit, mais sans naturel et sans idées. Qu'a-t-on dit de *ce roi si long-temps attendu?* Par qui? Par un homme qui recevait, *en attendant*, cent mille livres de rente de Bonaparte. Qu'a-t-on dit de ces hommes qu'on ne pouvait louer sans *restrictions secrètes?* Il valait mieux dire : sans restrictions *mentales;* car, certes, il n'en a rien paru au dehors. Quelle impudeur! — Je ne vous écrirais rien de tout cela, si ce n'était pas mon fils qui vous portera ma lettre. Voyons-nous cet hiver et tachons de ne pas montrer ce qu'il faut cacher. Dieu veuille que sans révolution nouvelle la liberté s'établisse en France!

« Me permettez-vous de vous embrasser tendrement et de me rappeler au souvenir de monsieur de Gerando? Il est cité tous les jours avec de grands éloges dans des brochures italiennes dont je suis la cause ; je vous en parlerai. »

Madame de Staël revint à Paris à la fin de 1816, et j'ai eu l'honneur de la revoir, à cette époque, pour la dernière fois. Ma mère me conduisit plusieurs fois chez elle, et j'étais l'heureux témoin de ces entretiens où s'épanchaient deux nobles âmes. C'est entre ces dernières entrevues que se placent les deux billets suivants de madame Staël, dont l'un ne porte pas de date et l'autre est du 3 décembre 1816 :

« J'ai particulièrement distingué le général Lamarque et je désirerais qu'il se souvînt de moi. Vous savez que

demain soir, à 7 heures et demie, Lemercier nous lit
Clovis; je serai charmée si cela vous plaît ainsi qu'au général, mais il faut venir de bonne heure. C'est surtout
à vous voir plus tôt que servent les tragédies. »

« Je trouve tant de plaisir à causer avec vous, que j'y
puis faire toute espèce de sacrifice ; mais comme j'ai réglé
ma vie pour travailler toujours le matin, s'il faut renoncer à dîner à 6 heures avec vous, *s'il le faut*, je vous demande de venir déjeuner avec moi à 11 heures et demie.
Nous passerons là quelques moments ensemble, ma famille en jouira, et je rentrerai, une heure après, dans
mon travail. Il faut, tant qu'on vit, soutenir la couleur
de sa vie, et d'ailleurs je fais dans ce moment un ouvrage
qui me touche par mille raisons. — Je voudrais savoir
votre avis sur la nomination de Camille Jordan. Son
discours m'aurait fait encore plus de plaisir, mais j'espère que l'une ne s'opposera point à l'autre. Je vous embrasse et vous apprécie de toute mon âme. »

L'ouvrage dont parlait madame de Staël dans cette dernière lettre était les *Considérations sur la révolution française,* qu'elle n'eut pas le temps de publier avant sa mort.
Ce n'était qu'à force d'énergie morale qu'elle *soutenait la
couleur de sa vie*; elle n'obtenait plus le sommeil et un
adoucissement à ses souffrances que par l'opium, et elle
succomba, l'année suivante, le jour anniversaire de la
prise de la Bastille. Dans un de ses derniers jours elle
avait dit à M. de Chateaubriand : « J'ai toujours été la
même : j'ai aimé Dieu, mon père, et la liberté[1]. » M. de

1. *Notice sur le caractère et les écrits de madame de Staël*, par madame Necker de Saussure. — L'ouvrage de madame de Staël, sur la

Rocca, qui déjà se mourait de la poitrine lorsqu'il était revenu avec elle, lui survécut une année[1].

M. le baron de Voght, dont la correspondance avec mon père m'a déjà fourni quelques citations, lui adressa, quand il apprit la mort de madame de Staël, une lettre datée de Flosbeck le 28 juillet 1817, et dont voici un extrait relatif à leur illustre amie :

« Je sais, mon excellent ami, que tous vos moments appartiennent à l'exercice de devoirs dignes de votre esprit et de votre cœur. Aussi, je vous admire trop pour me plaindre de votre silence, et cependant je vous prie instamment de m'accorder quelques instants pour me parler de la maladie et de la mort de madame de ·Staël.

révolution française n'a paru que depuis sa mort. — Elle est l'auteur des articles *Aspasie*, *Camoëns* et *Cléopâtre*, insérés dans la *Biographie nniverselle* de Michaud. — Ses œuvres complètes ont été publiées en dix-huit volumes in-8°, par le baron Auguste de Staël, son fils, avec la *Notice* de madame Necker de Saussure.

1. Une lettre écrite de Paris, le 27 août 1817, par le général d'Arblay à sa femme, alors à Londres, lettre insérée dans les *Mémoires de madame d'Arblay*, contient sur les derniers moments de madame de Staël des détails qui méritent d'être mieux connus. « Sentant sa fin approcher, elle fit venir son fils, sa fille et son gendre, le duc de Broglie. Après leur avoir parlé avec onction et vivacité de la douceur que répandait sur ses derniers moments la certitude qu'elle recevait d'eux que sa famille, après elle, vivrait dans une union que rien ne troublerait, elle leur a fait l'aveu qu'elle avait épousé M. de Rocca, et que, de ce mariage secrètement contracté, était né un enfant qu'elle leur recommandait... Cette conduite a eu pour M. de Broglie un très-bon résultat, en ce qu'elle l'a mis à même de se faire, bien jeune encore, une répulation de désintéressement et de noblesse que la plus longue vie permet rarement d'acquérir à celui même qui emploierait tous ses instants à la rechercher. Loin de se plaindre et de témoigner ou même donner à deviner la plus légère désapprobation, il n'a cessé, avant et depuis la mort de sa belle-mère, d'agir, dans tout ce qui pouvait avoir rapport à sa situation, avec le dévouement et la délicatesse les plus louables et les plus rares. »

« Je ne saurais vous dire combien j'ai été frappé de cette mort. Elle était *si pleine de vie!* Elle a été injuste envers vous et envers moi : il y a longtemps que je lui ai pardonné. Il ne m'est resté d'elle que des souvenirs bien doux.

« Nous ne verrons plus une femme comme elle. Son enthousiasme pour ce qui est beau et bon, l'âme avec laquelle elle s'exprimait sur l'un et sur l'autre, la viva-cité d'un esprit brillant, la grâce qu'elle mettait dans ses paroles, tout cela est devant moi : je ne l'oublierai jamais.

« Dites-moi quelque chose de ses dernières années. Le ciel avait-il achevé son éducation sur cette terre? Avait-elle vu le néant de son désir de célébrité? Était-elle parvenue à dompter son goût pour l'intrigue politique, le besoin d'influer sur les hommes d'État, de se mêler de gouvernement? De quel œil, et c'est ce qui m'inté-resse surtout, a-t-elle vu la mort? A-t-elle senti le besoin des consolations religieuses? Cela a été si souvent l'objet de nos entretiens. J'aurais voulu être près d'elle dans ces moments où toutes les illusions disparaissent. — Elle était bonne. Les erreurs de son jugement ont pu sé-duire, n'ont jamais dégradé son cœur. C'est la conscience de sa bonté, qui aura embelli la fin de sa vie. »

Trente-deux ans après la perte de sa plus intime amie, madame Récamier, qui avait quitté l'Abbaye-au-Bois pour fuir le choléra et s'était installée chez sa petite-nièce, madame Lenormant, succombait au terrible fléau, sans laisser défaillir un instant sa pieuse sérénité, son cou-rage et sa céleste tendresse pour les parents dévoués et quelques amis qui ont pu recevoir son dernier adieu.

Ces grands enseignements de la mort reportent la pensée à la célébrité des deux femmes éminentes dont j'ai essayé de faire revivre le souvenir. Comme l'a dit, à propos de l'une d'elles, l'éminent secrétaire perpétuel de l'Académie française, « Que reste-t-il des succès du monde, de la célébrité? Le peu de bien qu'on a fait, et celui qu'on a sincèrement voulu. » Cet éloge, dans sa simplicité, est celui qui convient le mieux, aujourd'hui, aux deux mémoires que je viens d'évoquer.

Si j'avais embrassé et si j'avais eu à juger la vie tout entière de madame Récamier et de madame de Staël, j'aurais eu le regret de ne pouvoir tout approuver, et j'aurais eu surtout à exprimer une opinion sévère, qui se trouve déjà consignée dans mes notes journalières de 1822, sur l'ouvrage de madame de Staël intitulé *Dix années d'exil*, dans lequel son patriotisme même a été aveuglé par son implacable ressentiment contre l'empereur Napoléon[1]. Mais je n'avais heureusement, dans le cadre que je m'étais tracé, qu'à faire ressortir deux belles physionomies telles qu'elles se dégageaient de ces épanchements intimes où l'âme se révèle dans toute sa sincérité, et j'espère qu'elles auront gagné, l'une et l'autre, à être ainsi surprises, pour ainsi dire, en négligé.

Dans un temps où, de l'aveu de tous, l'effacement des

---

1. Ce ressentiment toutefois n'alla pas jusqu'à étouffer les nobles élans de son âme. Elle prévint l'Empereur d'une tentative d'assassinat ourdie contre lui, et le défendit après sa chute. Elle entretenait une correspondance intime avec le roi Joseph.

caractères est une de nos plaies sociales, deux femmes
donnant l'exemple de la fermeté des convictions et des
attachements en même temps que de toutes les grâces et
les supériorités de l'esprit, n'est-ce pas un enseignement
moral dont beaucoup d'hommes pourraient profiter?

Paris. — Imp. de P.-A. Bourdier, Capiomont fils et Cᵉ, rue des Poitevins, 6.

www.ingramcontent.com/pod-product-compliance
Lightning Source LLC
Chambersburg PA
CBHW060442260626
47161CB00005B/2042